TEXTES LITTERAIRES

Collection dirigée par Keith Cameron

XCVII

LE PHILINTE DE MOLIERE

Portrait de Fabre d'Eglantine
(Cliché: Archives départementales de l'Aude)

P. F. N. Fabre d'Eglantine

LE

PHILINTE

DE

MOLIERE

Edition établie
et présentée
par

Judith K. Proud

UNIVERSITY
of
EXETER
PRESS

First published in 1995 by
University of Exeter Press
Reed Hall
Streatham Drive
Exeter EX4 4QR
UK

British Library Cataloguing in
Publication Data
A catalogue record for this book is available
from the British Library

ISSN 0309-6998
ISBN 0 85989 496 7

Typeset by Sabine Orchard
Printed in the UK
by Antony Rowe Ltd, Chippenham

INTRODUCTION

'Cette comédie nous paroît faite, ainsi que la source où elle a été puisée, pour la postérité la plus éloignée de nous.'
(Conclusion du compte rendu de la première édition du *Philinte de Molière*, *Journal encyclopédique*, 1er avril 1790, p. 88).

Il suffit de constater le nombre d'ouvrages recensés dans le répertoire des pièces de langue française (1700-1789) de Clarence Brenner[1] pour se convaincre de la popularité du théâtre sous l'Ancien Régime. Cette vogue se maintient, s'accroît même, lors de la Révolution, où le théâtre devient une distraction nécessaire pour un public dont la vie quotidienne s'avère de plus en plus difficile pour ne pas dire précaire. En même temps le théâtre deviendra une arène où les batailles politiques du jour se présenteront sous maintes allégories différentes, et dont les coulisses retentiront de confrontations tout aussi dramatiques.[2]

La date de la première représentation du *Philinte de Molière ou la suite du Misanthrope* de Fabre d'Eglantine (1790), ainsi que les activités politiques de son auteur, assurent à cette pièce une place dans l'historiographie de la Révolution française. Mais la lumière qu'elle peut nous fournir sur la conjoncture politique, sociale et théâtrale de cette période est d'autant plus intéressante que la première version manuscrite de l'ouvrage précise que la pièce aurait été composée dans la première

---

1   Brenner, C.D., *A Bibliographical List of Plays in the French Language 1700-1789*, Berkeley, 1947. Cet ouvrage donne 11.661 pièces différentes, représentées et/ou publiées pendant cette période.
2   Pour une discussion des disputes qui agitèrent la Comédie française pendant cette période, voir, entre autres, Carlson, M., *The Theatre of the French Revolution*, Cornell University Press, 1966.

quinzaine de novembre 1788.[3] Voici donc un ouvrage conçu et rédigé sous l'Ancien Régime qui néanmoins sut plaire aux foules révolutionnaires. Reste à déterminer si cette réussite résulte soit d'une anticipation heureuse des événements de 1789 de la part de l'auteur, soit d'une composition qui dépasserait les considérations politiques par des attraits autrement passionnants, et dont la parenté avec l'oeuvre de Molière n'en serait pas le moindre.

En effet, pour le lecteur ou le spectateur moderne, comme pour son homologue du dix-huitième siècle, c'est le titre provocateur de la pièce qui constituera son attrait premier. Quoique des imitations de Molière abondent tout au long du siècle des Lumières, aucune n'affiche ses prétentions de façon aussi nette, et rares sont celles qui ne déçoivent en quelque manière par la suite. Autre distinction donc, *Le Philinte de Molière* soutient la comparaison avec l'ouvrage du maître en se révélant être une véritable suite du *Misanthrope* tant sur le plan de l'intrigue que sur celui de la caractérisation. Les personnages de Molière réapparaissent plus de cent ans après leur première entrée sur scène pour reprendre le fil de leur histoire; nous les reconnaissons sans peine et leur portons un intérêt accru grâce à leur familiarité, tout en admirant la façon dont Fabre les fait évoluer.

Car, si *Le Philinte de Molière* se rattache à une tradition théâtrale qui remonte au dix-septième siècle, il est tout aussi ancré dans les courants littéraires et philosophiques de son propre siècle. Fabre lui-même attribua un rôle important à Jean-Jacques Rousseau dans la conception de cet ouvrage, dont les grandes lignes se trouvent, en effet, esquissées dans la *Lettre à d'Alembert sur les spectacles*. N'oublions pas non plus l'influence autrement inspiratrice de Collin d'Harleville, dramaturge dont les louanges de l'optimisme à la veille de la Révolution française (voir *L'Optimiste*, 1788) ont révolté Fabre, lequel écrira son *Philinte* en partie afin d'exprimer son dégoût face à *L'Optimiste* d'Harleville (voir Appendice 2).

---

3   Bibliothèque Nationale, Manuscrits, *Nouvelles acquisitions françaises* 24348 1. Quoiqu'il soit toujours permis de douter de la fiabilité des assertions de Fabre, le manuscrit porte les inscriptions suivantes 'Commencé le jour des morts 2 novembre 1788' (en tête du manuscrit, après le titre), 'Finie le 14 novembre 1788 à 11 heures du soir' (à la dernière page). Le positionnement de ces inscriptions, ainsi que la couleur de l'encre et la conformité de leur écriture avec celle qui les suit ou les précède (pas de changement de plume), semblent confirmer qu'il ne s'agit pas d'additions postérieures à la période de composition.

La lumière que cette pièce peut nous apporter sur le siècle et sur l'individu qui la produisirent ainsi que sur l'héritage de Molière au-delà du dix-septième siècle ne doit pas pour autant nous distraire des mérites de la pièce de Fabre. Celle-ci se révèle, en effet, d'une qualité qui lui assure une place privilégiée dans le panthéon dramatique de la deuxième moitié du dix-huitième siècle. Si les critiques de l'époque trouvent à redire à certains éléments du style, ils y découvrent également des sujets de louange, et ils sont unanimes dans leur appréciation des mérites du développement énergique et assuré de l'intrigue. Le lecteur moderne y trouvera également de quoi se réjouir, et tout en se divertissant de l'ironie exquise qui entoure la déconfiture du héros éponyme, il y trouvera peut-être une leçon de morale tout aussi valable de nos jours que lors de la première représentation de la pièce, deux siècles auparavant.

VIE DE FABRE D'EGLANTINE

La vie turbulente et relativement courte de Philippe-François-Nazaire Fabre, dit Fabre d'Eglantine, n'est pas sans quelques péripéties dignes de l'intrigue d'un drame dont le point culminant sera l'exécution du personnage principal à l'âge de 44 ans. L'équivoque qui entoure plusieurs phases de la vie de Fabre s'étendait autrefois jusqu'à sa date et lieu de naissance; mais si les biographes anciens hésitaient, aujourd'hui on a la certitude grâce à l'acte de baptême. Ce fut donc à Carcassonne, le 29 juillet 1750, que François Fabre, marchand drapier, et Anne-Catherine-Jeanne-Marie Fons ou Fonds firent baptiser leur fils Philippe, né la veille. La famille déménagea bientôt pour s'établir à Limoux, où le jeune Philippe fit de si brillantes études chez les Doctrinaires qu'il fut par la suite envoyé au collège de la Doctrine chrétienne à Toulouse, où il enseigna dans les basses classes. A partir de 1772, Fabre adopte le surnom d'Eglantine, qui, selon la petite histoire, serait une allusion à l'églantine d'or qu'il aurait gagnée pour avoir composé un poème couronné aux jeux floraux de Toulouse. Le fait que l'églantine fut réservée au concours de l'éloquence, donc pour des textes en prose, n'a nullement découragé plusieurs biographes,[4] et on peut s'imaginer que ce fut Fabre lui-même,

---

4 Par contre, Fabre a bien gagné un lys d'argent aux jeux floraux pour un 'Sonnet à la Vierge', le 3 mai 1771.

mythomane à ses moments et acteur professionnel à partir de cette époque, qui fut à l'origine de cette légende.

Fabre avait quitté les Doctrinaires suite à ce que ses biographes qualifient de 'menu scandale'. Les détails de ce scandale manquent, mais on peut s'imaginer qu'il fut d'ordre romantique pour ne pas dire sexuel, notre héros se revêtant du rôle d'un séducteur accompli à partir de cette date. Ce fut sur le territoire de l'actuelle Belgique en 1777 que ses débauches atteignirent leur apothéose avec l'enlèvement d'une jeune fille, Catiche Desremond, réputée, selon les détracteurs de Fabre les plus avides, avoir été sa treizième victime. Fabre échappera de justesse à la peine de mort, grâce à l'intervention bienveillante du Gouverneur des Pays-bas autrichiens. L'année suivante, Fabre semble s'être assagi; il épouse à Strasbourg Marie-Nicole Godin-Lesage dont il eut un fils, Louis Théodore Jules Vincent, né le 12 octobre 1779. Toutefois, sur l'extrait de baptême de son fils, Fabre aurait signalé comme profession celle d'avocat, preuve peut-être qu'il n'abandonnait pas pour autant ses rêves d'une vie meilleure, ni son interprétation plutôt fantaisiste de la réalité.

La formation juridique de Fabre est d'autant plus douteuse que, la profession d'acteur ne lui réussissant guère, les dettes et la misère le menaçaient à chaque pas de son périple à travers l'Europe septentrionale dans les années 1770 et 1780. Pour gagner sa vie, il fut souvent réduit à peindre des portraits en miniature, et c'était peut-être pour des raisons financières autant que littéraires qu'il s'élança dans la composition dramatique; sa première pièce, *Les amans de Beauvais*, voit le jour en 1776. La poésie l'occupait toujours, et il laissera à la postérité une collection d'*Oeuvres mêlées et posthumes*, qui mérite une notice dans les annales de l'histoire littéraire pour sa chanson 'Il pleut, il pleut, bergère', composée lors d'un séjour à Maastricht.[5] En 1780 Fabre devint journaliste en Belgique. Il collabore avec Gerlache et Henkart à la rédaction du *Spectateur des pays d'entre l'Escaut, la Meuse et le Rhin*, journal de courte durée. Il se replongera dans le théâtre en 1785: il compose une tragédie (*Vespa*), et il se lance dans la mise en scène au théâtre de Nîmes.[6]

---

5   Je remercie M. Régis de la Haye des Archives de la Ville de Maastricht de m'avoir communiqué des informations concernant le séjour de Fabre dans cette ville. Voir également sa communication dans *Venance Dougados et son temps. André Chénier. Fabre d'Eglantine*, Actes du colloque de Carcassonne (mai 1994), Editions "Les Audois", 1995 pp. 87-98.

6   Je remercie M. Robert Debant de m'avoir communiqué le texte de M. Rouvière (voir Bibliographie) concernant le séjour de Fabre à Nîmes.

En 1787, Fabre s'installe à Paris, devient secrétaire du Marquis de Ximénès, et obtient la lecture de ses ouvrages dans les théâtres de la capitale. Sa première pièce à être portée sur les planches parisiennes fut *Les Gens de lettres ou le poète provincial à Paris* (le 21 septembre 1787, au Théâtre Italien), dont le succès ne fut pas éclatant. Cette comédie fut suivie d'*Augusta* (un remaniement de *Vespa*) au Théâtre Français du Faubourg St.-Germain. Cette tragédie étant vouée à l'échec, Fabre retourne à la comédie. Le 7 janvier 1789 vit la première représentation du *Présomptueux ou l'heureux imaginaire* (au Théâtre Français), pièce sifflée qu'on ne laissera même pas terminer, et qui lui valut une accusation de plagiat du dramaturge Collin d'Harleville. *Le Collatéral ou l'amour et l'intérêt* parut le 26 mai 1789 avec un peu plus de succès,[7] mais ce fut avec *Le Philinte de Molière ou la suite du Misanthrope* (22 février 1790) que la réputation de Fabre s'est établie aux yeux de ses contemporains. Profitant du succès de cette pièce, *Le Présomptueux* connut une renaissance spectaculaire,[8] et les comédies qui s'ensuivirent, au nombre de six, eurent presque toutes une carrière honorable[9] bien que leur auteur ne sût jamais se tirer de l'état d'endettement où il avait été plongé pendant la plus

---

7   Cette pièce eut 19 représentations au Théâtre de Monsieur en 1789, 4 en 1790 et 2 en 1791. Elle fut reprise au Théâtre Français, rue de Richelieu où elle eut 4 représentations en 1791 et 2 en 1792.

8   9 représentations à partir du 5 juin 1790.

9   *Le Convalescent de qualité ou l'aristocrate* (comédie), donné le 28 janvier 1791, au Théâtre Italien; *L'Apothicaire* (comédie mêlée d'ariettes), le 7 juillet 1791 au Théâtre de Mlle Montansier; *Isabelle de Salisbury* (comédie héroïque et lyrique), le 20 août 1791 au Montansier; *L'Intrigue épistolaire* (comédie), le 15 juin 1791 au Théâtre Français, rue de Richelieu; *L'Héritière* (comédie), le 9 novembre 1991 au Théâtre Français ; *Le Sot orgueilleux ou l'école des élections* (comédie), le 7 mars 1792 au Théâtre Français. Une septième pièce, *Les Précepteurs*, fut imprimée après sa mort, et une huitième *Les Oranges de Malte* n'a pas survécu. Le total des représentations des pièces de Fabre pour la période mai 1789 à septembre 1792 se monte à 230, ce qui le place en 40ème position sur 444 auteurs et compositeurs dont les ouvrages (pièces dramatiques et opéras, soit nouveaux, soit repris) furent représentés pendant cette période.

grande partie de sa vie.[10]

Si la Révolution vit la consécration de la carrière littéraire de Fabre, elle lui ouvrit un autre champ d'activité digne de son caractère 'intrigant'[11] - celui de la politique. Ayant fait la rencontre en 1782 à Lyon du dramaturge Collot d'Herbois, Fabre renoua connaissance avec celui-ci à Paris en pleine fermentation politique et devint secrétaire du club local dans le district des Cordeliers où il s'installa. Début janvier 1790 il est l'un des cinq conservateurs de la liberté chargés des mandats d'arrêt, et bientôt il deviendra vice-président du district sous la présidence de Danton. Reprenant sa plume de journaliste, Fabre remplace Loustallot comme rédacteur principal des *Révolutions de Paris* à partir de septembre 1790, collaborant par la suite au *Compte rendu au peuple souverain* et à la *Gazette de France*. Il met ses talents poétiques au service de la Révolution, et c'est surtout pour avoir inventé la nomenclature romantique du calendrier républicain que l'on se souvient aujourd'hui du nom de Fabre.

Membre du club des Jacobins, Fabre rattache de plus en plus sa carrière politique à celle de Danton. Une promotion rapide lui permet d'accéder au poste de secrétaire du Ministre de la Justice, qui n'est autre que Danton lui-même, et en 1792 d'être élu député de Paris à la Convention Nationale. Or l'avenir prometteur de Fabre se vit transformé avec l'ascension de Robespierre. Ami et puis ennemi de Robespierre,

---

10 Les archives de la Comédie Française contiennent des détails intéressants sur les recettes des pièces de Fabre jouées à ce théâtre, ainsi que sur la part qui en revenait à l'auteur. Les droits d'auteur que recevait Fabre semblent s'être montés à quelques 14% de la recette nette réalisée par la représentation de ses pièces. Ainsi, pour l'unique représentation du *Présomptueux* en 1789, Fabre se vit attribuer 396 livres, 18 sols et 4 deniers (sur une recette nette calculée à 3.457 l. 18 s. 10 d.). 5 représentations d'*Augusta* en 1787 lui avait rapporté au total 954 l. 2 s. 4 d. (sur 7.518 l. 44 s.). Suite à une convention particulière établie pour les 4 représentations du *Philinte* de 1791, Fabre ne reçut qu'un quatorzième du produit net, c'est-à-dire 445 l. 13 s. 7 d. sur un total de 6.239 l. 11 s.; les conditions qui donnèrent lieu à cette convention particulière ne sont pas données, mais les archives témoignent de plusieurs contestations financières survenues entre Fabre et les comédiens y compris une dispute qui eut lieu à propos des 9 représentations du *Philinte* de 1790. Ces archives fournissent également un aperçu intéressant sur les différentes déductions qui étaient à faire avant de calculer la somme due à l'auteur. Les pauvres des hôpitaux avaient droit à 600.000 livres par an prises sur les recettes globales brutes du théâtre, tandis qu'un pourcentage de divers frais extraordinaires (par exemple, costumes, perruques, frais de peinture...) était à la charge de l'auteur. Certains frais étaient d'ailleurs exclusivement à sa charge, par exemple la copie de la pièce pour distribution aux acteurs.

11 Les descriptions physiques et morales de Fabre qui nous parviennent de la plume de ses contemporains ne sont guère flatteuses, quoiqu'il faille se souvenir que ces portraits sont souvent esquissés par des rivaux littéraires ou politiques. Ne retenons que celle de Madame Roland à titre d'exemple: 'Quant à Fabre d'Eglantine, affublé d'un froc, armé d'un stylet, occupé d'ourdir une trame pour décrier l'innocence ou perdre le riche dont il convoite la fortune, il est si parfaitement dans son rôle que quiconque voudrait peindre le plus scélérat tartufe (sic) n'aurait qu'à faire son portrait ainsi costumé' (Roland J.-M., *Mémoires de Madame Roland*, ed. Paul de Roux, Mercure de France, 1966, p. 77).

Fabre est finalement exclu des Jacobins sur requisitoire de ce dernier. Condamné à mort pour le rôle qu'il aurait joué dans la liquidation de la Compagnie des Indes, Fabre est porté à l'échafaud le 16 germinal an II (le 5 avril 1794) aux côtés de Camille Desmoulins et de Danton. Dans le contexte de la présente étude, il est intéressant de rapporter les derniers paroles que Fabre aurait prononcés sur l'échafaud: 'Fouquier, tu peux faire tomber ma tête, mais non pas mon Philinte'...[12]

LE PHILINTE DE MOLIERE OU LA SUITE DU MISANTHROPE

Intrigue et personnages de la pièce: L'Alceste de Molière quitta la scène et la capitale à la fin du *Misanthrope* pour chercher un 'endroit écarté' où il puisse pratiquer ses vertus. Dans sa *suite*, Fabre le fait revenir à Paris pour saluer ses anciens amis Philinte et Eliante en s'acheminant vers un nouvel exil rendu nécessaire par de nouveaux démêlés avec le monde. Pendant l'absence d'Alceste, Philinte s'est marié avec Eliante, et, grâce aux bons offices d'un ministre, oncle de celle-ci, il a été fait Comte de Valancés, nouvelle identité qu'Alceste ignore. Les amis se retrouvent avec Dubois, le fidèle valet d'Alceste, dans un hôtel garni de la capitale, où Alceste expose les motifs de sa fuite. Eliante lui propose le secours de son oncle, mais Alceste refuse les solutions d'usage, pour se fier à la seule justice de sa cause. Dans ce but, il envoie Dubois chercher un avocat au hasard, mais celui que le valet fait venir à l'hôtel est déjà fort occupé par un autre procès, où un intendant fripon aurait réussi à se procurer la signature de son maître sur un faux billet de deux cent mille écus. Malgré les dangers de sa propre situation, Alceste s'enflamme devant le récit de cette perfidie, et s'annonce prêt à tout faire pour aider le malheureux dont l'avocat tait l'identité. Moins rigide dans ses principes lorsqu'il s'agit de secourir ceux 'que ne peut protéger la faiblesse des lois' (I vii, 322), Alceste implore Philinte d'intéresser l'oncle de son épouse à cette affaire où la hâte s'impose. Philinte refuse d'intervenir, n'ayant aucune sympathie pour la malheureuse dupe et ne voyant dans cette histoire que le fonctionnement logique des rouages de ce meilleur des mondes. Le spectateur peut jouir pleinement de l'ironie de cette situation, ayant été

---

12 Froidecourt, G. de., *Fabre d'Eglantine, plaideur*, Paris, 1938, p. 16. Fouquier-Tinville (Antoine-Quentin), né en 1746, fut l'accusateur public du tribunal révolutionnaire; il périra sur l'échafaud une année après Fabre en 1795.

averti par un monologue de l'avocat que cette dupe n'est autre que ... le comte de Valancés. L'optimisme égoïste de Philinte est bien récompensé lorsque l'identité du signataire du billet est dévoilée (III viii). Les efforts et le dévouement d'Alceste et de l'avocat réussissent finalement à faire condamner non seulement l'intendant mais également les ennemis d'Alceste, mais ce dernier, brouillé pour toujours avec son ancien ami, se retire de nouveau dans son exil accompagné de l'avocat dont le caractère et les procédés vont lui servir de modèle. Comme la pièce de Molière, celle de Fabre se termine sur les mots d'un des amis d'Alceste, résolu à lui faire changer d'avis. Dans *Le Misanthrope* cette résolution vise le bonheur d'Alceste et son intégration dans la société; dans la pièce de Fabre, il s'agit du salut moral de Philinte.

La suite du 'Misanthrope'? Dans une lettre écrite en janvier 1789, Fabre déclare que dans la composition de ses comédies il aura 'constamment la nature et Molière devant les yeux'.[13] Or, si l'influence de ce dernier se sent à travers toutes les pièces de Fabre, celui-ci s'est donné une tâche d'émulation encore plus précise avec son projet d'écrire une 'suite' au *Misanthrope*. Voyons en quelle mesure Fabre s'est efforcé de fournir un prolongement de la pièce originale, et les liens que son ouvrage proclame avec celui de Molière.

Si le titre de la pièce ne suffit pas pour avertir les spectateurs des intentions de Fabre, les premières paroles prononcées sur scène (par Philinte), citation directe de la pièce de Molière, sont faites pour rappeler non seulement l'oeuvre originale, mais également le caractère de celui qui les prononce.

> Je prends tout doucement les hommes comme ils sont,
> J'accoutume mon âme à souffrir ce qu'ils font.
> (*Le Philinte*, I i, 1-2 et *Le Misanthrope*, I i, 163-164)

Il en est de même avec l'apparition d'Alceste, qui s'annonce dans les mêmes termes que ceux qui avaient préfiguré son départ dans la pièce de Molière, un léger changement de temps servant de lien entre l'action des deux pièces:

---

13 *Lettre de M. Fabre d'Eglantine à Monsieur de ****** Relativement à la contestation survenue au sujet du *Présomptueux* ou *l'Heureux imaginaire* et les *Châteaux en Espagne*, comédies en 5 actes et en vers. S.l n.d.

Je vais sortir d'un gouffre où triomphent les vices,
Et chercher sur la terre un endroit écarté
Où d'être homme d'honneur on ait la liberté
(*Le Misanthrope*, V iv, 1804-1806)

Je cherchois, sur la terre, un endroit écarté
Où d'être homme d'honneur on eût la liberté.
(*Le Philinte*, I iv, 133-134)

Comme les paroles d'Alceste le suggèrent, les personnages de Fabre sont fort conscients de leur existence antérieure, et cette conscience, ainsi que des rappels explicites de leurs actions ou de leurs comportements précédents ou habituels, confirment leur assimilation aux personnages de Molière. Ainsi, Eliante fait référence aux poursuites judiciaires dont Alceste est la victime dans *Le Misanthrope* lorsqu'elle demande à Dubois:

Eprouve-t-il encor des revers, aujourd'hui,
Dans sa retraite?
(*Le Philinte*, I ii, 73)

Philinte, de son côté, nous rappelle à maintes reprises le caractère emporté du misanthrope créé par Molière, en soulignant sa parenté étroite avec l'Alceste de Fabre:

Vous verrez qu'au milieu des rochers et des bois,
Sévère défenseur de la vertu, des lois,
Il se sera mêlé, je gage, en quelque affaire,
Ou dans quelque débat, dont il n'avait que faire.
(*Le Philinte*, I ii, 77-80)

Oh! voilà mon censeur austère et violent...
(*idem*, I ii, 82)

Mais encore, Madame, il est prudent, je crois,
De connaître, avant tout sa conduite, ses droits;
Car sa bizarrerie, impossible à réduire,
En de tels embarras auroit pu le conduire,
(*idem*, I iii, 121-124)

Allons... appaisez-vous. Vous n'êtes pas changé;
(*idem*, I iv, 172)

Alceste, par son propre comportement lors de son entrée sur scène, nous rappelle très fortement l'Alceste de Molière. En dehors de ses tics verbaux, (surtout l'exclamation 'Morbleu!' et son recours fréquent à l'hyperbole), qui abondent dans les deux pièces, voici un homme qui abjure comme toujours les solutions d'usage dans ses démêlés avec la justice,[14] et qui va aux extrémités dans toutes ses actions aussi bien que dans son langage. Comparer, à titre d'exemple:

Justice? C'est trop peu. Je veux qu'on m'applaudisse.
(*Le Philinte*, I vi, 300)

avec,

Je veux qu'on me distingue [...]
(*Le Misanthrope*, I i, 63)

et

J'aurai le plaisir de perdre mon procès.
(*Idem*, I i, 196)

ou bien

Je voudrais, m'en coûtat-il grand'chose,
Pour la beauté du fait, avoir perdu ma cause.
(*Idem*, I i, 201-202)

Tout comme Philinte, Alceste aura l'occasion de se rappeler le comportement antérieur de son ami, en comparant celui-ci avec son *alter ego* moliéresque de manière autrement frappante, en faisant allusion à la chute morale dont Philinte a fait preuve depuis leur dernière rencontre:

Et je vous ai connu bien meilleur que vous n'êtes.
(*Le Philinte*, II ix, 736).

---

14 Dans son commentaire sur la pièce, le *Journal encyclopédique* souligna l'étroite parenté qui lie l'Alceste de Fabre à celui de Molière à cet égard: 'Eliante se félicite auprès de son ami de pouvoir le servir dans cette occasion [lorsqu'il est poursuivi en justice], en employant le crédit de son oncle. Molière nous avoit appris à préjuger qu'Alceste refuseroit cette médiation.' (*Journal encyclopédique*, 1er avril 1790, p. 81).

Quoique les anciennes relations entre Alceste et Eliante ne soient jamais évoquées de façon explicite dans la pièce de Fabre, la tendresse qu'ils se témoignent l'un pour l'autre nous rappelle constamment le choix qu'Alceste aurait pu faire dans la pièce de Molière une fois désabusé sur le compte de Célimène, personnage auquel, soit dit en passant, Fabre ne fait aucune allusion.

Pour confirmer la continuité entre les protagonistes des deux pièces, voici un quatrième personnage, Dubois, valet d'Alceste, qui fait le voyage du 17ème au 18ème siècle en suivant son maître partout où son humeur et les poursuites de la justice appellent celui-ci. Personnage mineur chez Molière, le valet se voit attribuer un rôle assez considérable dans la pièce de Fabre, tout en restant fidèle au modèle original, comme le signale Philinte quand il remarque:

> cet homme, je le vois, sera toujours le même.
> (*Le Philinte*, I iii, 111).

Comme chez Molière (*Le Misanthrope*, IV iv), le discours de Dubois est fait pour embrouiller ses interlocuteurs et pour provoquer des scènes de farce (*Le Philinte*, I ii; I v; I vii; II vi; IV i), aussi bien que pour annoncer l'arrivée imminente des forces de l'ordre (IV xi).

Fabre profite du décalage temporel entre la fin de l'action décrite dans la pièce de Molière et le début de celle de la sienne pour évoquer dans son *Philinte* un espace commun - la vie d'Alceste dans son 'désert' (voir surtout *Le Philinte* I vi, 217 et suite). Ici peuvent s'imbriquer des actions connues ou annoncées à la fin de la pièce de Molière (fuite d'Alceste, sa vie en exil, mariage d'Eliante et de Philinte) ainsi que des événements non annoncés mais tout à fait plausibles qui joueront un rôle important dans l'intrigue du *Philinte* (nouveau procès, retour à Paris). L'intrigue de la nouvelle pièce semble ainsi prolonger celle de Molière, tout en renforçant l'identification étroite entre les personnages des deux ouvrages. N'oublions pas d'ailleurs que l'intrigue qui se crée autour de l'optimisme égoïste de Philinte se trouve en effet clairement amorcée dans l'oeuvre de Molière, lorsque Alceste demande à son ami:

> Mais ce flegme, Monsieur, qui raisonne si bien,
> Ce flegme pourra-t-il ne s'échauffer de rien?
> Et, s'il faut par hasard qu'un ami vous trahisse,

Que pour avoir vos biens on dresse un artifice,
Ou qu'on tâche à semer de méchants bruits de vous,
Verrez-vous tout cela sans vous mettre en courroux?

(*Le Misanthrope*, I i, 166-172)

SOURCES ET CONTROVERSES

Molière au dix-huitième siècle: En affichant la parenté entre sa pièce et celle de Molière, Fabre se place dans un courant qui remonte bien loin. En effet, l'histoire du théâtre en France au dix-huitième siècle témoigne de l'influence durable de Molière. La mort du dramaturge en 1673 n'avait fait qu'encourager une vague d'ouvrages très fortement imitateurs de ceux du maître, et la représentation de ce genre de pièces, ainsi que la popularité soutenue de celles de Molière, garantissaient une familiarité générale avec son oeuvre plus d'un siècle plus tard. Si la comédie de moeurs ou de caractère perd de son attrait face à l'engouement général pour la sensibilité dont fait preuve le siècle des Lumières, et pour le drame qui en est son expression théâtrale, la renommée de Molière reste acquise. Son nom sert de point de repère pour une génération en quête de nouveaux génies, et son ombre hante les théâtres de la capitale à travers maintes créations dramatiques dont il est le héros éponyme.[15]

Présent dans les salons autant que sur les planches, son oeuvre continue à animer les débats littéraires de l'époque. La querelle des Anciens et des Modernes s'étant enfin refroidie, voilà les Philosophes qui s'emparent du nom du maître, certains d'entre eux se trouvant une âme soeur dans cet homme à la fois victime et dénonciateur de la cabale et de l'hypocrisie. Lors des événements de 1789, les oeuvres de Molière se maintiennent à l'affiche grâce surtout à leur neutralité en matière de politique, permettant des passages d'accalmie dans la vie autrement turbulente des théâtres de la capitale.[16] A l'époque de la libération des théâtres en janvier 1791, ses

---

15 Voir, à titre d'exemple, *Le Retour de l'ombre de Molière* de Voisenon (1739); *Poinsinet et Molière* d'Imbert (1770); *L'Apothéose de Molière* de l'Abbé Le Beau de Schosne (1773); *Molière à la nouvelle salle ou les audiences de Thalie* de La Harpe (1782); *La Maison de Molière* de Mercier (1787); *Molière chez Ninon ou le siècle des grands hommes* d'Olympe de Gouges (1788); *La Mort de Molière* du Chevalier Cubières (1788); *La Matinée de Molière*, pièce anonyme (1789).

16 Entre 1789 et 1792, le Théâtre français donna au total 222 représentations de différentes pièces de Molière (15 pièces en tout) (Tissier, *Les Spectacles à Paris pendant la Révolution* (de mai 1789 à septembre 1792), Droz, 1992).

oeuvres connaissent une véritable renaissance, surtout dans les nouveaux théâtres qui profitent de la fin du monopole du Théâtre Français sur le répertoire classique.[17] Malgré les efforts d'un Molé,[18] cependant, qui entreprit d"épurer' le langage de Molière selon les exigences politiques du jour, le théâtre de Molière ne survécut guère après le 20 ventôse de l'an II (1794), car le Comité de Salut public déclara alors 'qu'on ne saurait tolérer d'autres représentations que celle "de par et pour le peuple"'. Mais son influence n'est pas si facilement bannie de la scène française, témoin *Le Tartuffe révolutionnaire* de N-L Lemercier (1794), ou *L'Ami des lois* de Laya (1793), pièce qui reprend certains éléments de l'intrigue des *Femmes savantes.*[19]

Fabre et Molière: Fabre d'Eglantine n'est donc pas le premier dramaturge à marcher sur les traces du maître. Ce fut néanmoins le lien qu'il proclama entre son ouvrage et celui de Molière, explicitement évoqué dans le titre de sa pièce, qui suscita le plus d'attention lors de la représentation du *Philinte*, sur les planches de la Comédie française, et puis lors de sa publication à Paris chez Prault en 1791. Les rapports entre cette pièce et celle de Molière continuent à doter cet ouvrage d'un intérêt tout particulier pour le lecteur moderne et risquent de provoquer autant de controverses à l'heure actuelle qu'au moment de la première représentation. Cette controverse ne se limite pas à une comparaison stylistique entre les deux ouvrages, comparaison qui ne peut que favoriser le maître du genre, bien que son imitateur se soit défendu de façon honorable.

Si les critiques de l'époque condamnent (sans les citer) quelques vers de la pièce (voir ci-dessous et Appendices), leur approbation de la forme de celle-ci ainsi que de son fond est plus ou moins sans réserves (voir Appendices). Ce qui suscite une discussion assidue, par contre, est le degré auquel Fabre est jugé avoir déformé l'esprit fondamental de la pièce

---

17 Sur les 444 auteurs dont les pièces seront représentées dans la période 1789-1792, Molière sera en quatrième position, avec 856 représentations. Il sera dépassé par Beaunoir (1131), Guillemain (924) et Dorvigny (921). Fabre d'Eglantine, avec 230 représentations pendant cette période, se place fort honorablement en 40ème position (Tissier, *op. cit.*).

18 Molé, *Le Misanthrope de Molière avec les variantes du citoyen Molé* (an II), voir Descottes, M., *Molière et sa fortune littéraire*, Editions Ducros, 1970. p. 57.

19 Pour une analyse détaillée de cette pièce, voir Rodmell, G.E., *French Drama of the Revolutionary Years*, Routledge, 1990, pp. 136-156.

de Molière à travers sa représentation des personnages d'Alceste et de Philinte. En corollaire direct, on s'étonne de l'audace, pour ne pas dire la folie dont Fabre avait fait preuve en liant sa pièce si intimement à celle de Molière par son choix du titre; titre qui, selon la critique, semble indiquer un certain manque de modestie chez un auteur dont la réputation restait à faire. Cette discussion se poursuit au cours du dix-neuvième siècle, où les défenseurs de Molière se montrent encore plus jaloux de la réputation du maître que les critiques du Siècle des Lumières (voir Bibliographie pour une liste non-exhaustive d'ouvrages consacrés à Fabre et à son oeuvre depuis la fin du dix-huitiéme siècle).

Débats autour du 'Misanthrope': La 'suite' de Fabre ranime donc une controverse qui naquit avec la pièce de Molière sur le véritable profil psychologique des deux principaux personnages masculins -débat qui avait refait surface dans le milieu des philosophes vers la fin des années 1750 dans les écrits de d'Alembert, de J.-J. Rousseau et de Marmontel. Ces trois écrivains illustres s'étaient engagés dans une discussion publique sur les mérites et les dangers du théâtre, suite à l'article 'Genève' de d'Alembert, qui parut en 1757 dans le VIIe tome de *L'Encyclopédie*. Dans cet article, d'Alembert avait souhaité l'établissement de spectacles publics dans la République de Genève, où, lavé de l'opprobre qui entourait jusqu'alors la carrière de comédien professionnel, le théâtre aurait servi d'école de moeurs pour un public en quête de divertissement et d'instruction morale. Dans sa *Lettre à d'Alembert sur les spectacles*, Rousseau entreprend une analyse assez détaillée du *Misanthrope* afin d'appuyer sa thèse, qui, en opposition de celle de d'Alembert, était que tout spectacle dans la ville serait un danger pour les moeurs publiques.

Selon le Citoyen de Genève, les deux crimes impardonnables de Molière dans *Le Misanthrope* auraient été d'avoir mal compris la vraie nature de la misanthropie et d'avoir ridiculisé la vertu à travers le personnage d'Alceste. Il suggère ensuite une réécriture possible de la pièce de Molière qui permettrait un exposé à la fois plus net et plus honnête de la misanthropie. Celle-ci est, aux yeux de Rousseau, une vertu véritable, car c'est la réaction de l'altruisme et de l'amour de la race humaine, face à l'égoïsme, la jalousie, et la compétitivité engendrés par la vie en société:

Au risque de faire rire aussi le lecteur à mes dépens, j'ose accuser cet auteur d'avoir manqué de trés grandes convenances, une très grande vérité, et peut-être de nouvelles beautés de situation; c'étoit de faire un tel changement à son plan, que Philinte entrât comme acteur nécessaire dans le noeud de sa pièce, en sorte qu'on pût mettre les actions de Philinte et d'Alceste dans une apparente opposition avec leurs principes, et dans une conformité parfaite avec leurs caractères. Je veux dire qu'il falloit que le misanthrope fût toujours furieux contre les vices publics, et toujours tranquille sur les méchancetés personnelles dont il étoit la victime. Au contraire, le philosophe Philinte devoit voir tous les désordres de la société avec un flegme stoïque, et se mettre en fureur au moindre mal qui s'adressoit directement à lui.[20]

L'analyse que Rousseau fait ensuite de ce qu'il croit être le véritable caractère de Philinte peut provoquer un débat par rapport au personnage de Molière, mais elle préfigure on ne peut plus succinctement le Philinte de Fabre:

Ce Philinte est le sage de la pièce; un de ces honnêtes gens du grand monde dont les maximes ressemblent beaucoup à celles des fripons; de ces gens si doux, si modérés, qui trouvent toujours que tout va bien, parce qu'ils ont intérêt que rien n'aille mieux; qui sont toujours contents de tout le monde, parce qu'ils ne se soucient de personne; qui, autour d'une bonne table, soutiennent qu'il n'est pas vrai que le peuple ait faim; qui, le gousset bien garni, trouvent fort mauvais qu'on déclame en faveur des pauvres; qui, de leur maison bien fermée, verroient voler, piller, égorger, massacrer tout le genre humain sans se plaindre, attendu que Dieu les a doués d'une douceur très méritoire à supporter les malheurs d'autrui.

D'Alembert et Marmontel répondirent publiquement aux commentaires de Rousseau sur *Le Misanthrope*;[21] Marmontel entreprit d'illustrer ses propres opinions sur l'Alceste de Molière en écrivant le conte du

---

20 Rousseau, J.-J., *Lettre à M. D'Alembert* (1758), Classiques Garnier, 1962, pp. 154-155.
21 D'Alembert, *Lettre à M. Rousseau*, 1759; Marmontel, *Apologie du théâtre ou analyse de la lettre de M. Rousseau*, 1761.

Misanthrope corrigé (publié dans les *Nouveaux contes moraux* de 1765).[22]
Dans ce conte, Marmontel suit Alceste, le seul personnage à avoir survécu
de la pièce de Molière, dans son 'désert' pour le faire tomber amoureux de
nouveau, et pour le persuader, à travers l'héroïne de la pièce ainsi que par
les beaux exemples dont il est entouré, à se réintégrer dans la société. Ce
conte, en supprimant le personnage de Philinte, évite un des aspects les
plus controversés de la pièce de Molière, dont Rousseau fait grand cas, et
que Fabre s'applique à aborder une vingtaine d'années plus tard dans la
composition du *Philinte*.

Si l'intrigue du *Philinte* se trouve déjà annoncée dans la pièce de
Molière, elle est beaucoup plus clairement exposée, donc, dans la lettre de
Rousseau, source d'inspiration que plusieurs journalistes avertis feront
remarquer lors de la première représentation de la pièce (voir Appendice
3). Fabre lui-même citera cette source dans le Prologue du *Philinte* qui
parut dans la première édition de la pièce (voir Appendice 1),[23] où il en
parle dans les termes suivants:

> Mon cher, c'est à ce livre, à son intention,
> Que je dois mon ouvrage et sa conception;
> Je le dis hautement. Si le méchant m'assiège,
> Qu'il sache que Rousseau lui-même me protège!

Le caractère égoïste de Philinte et sa philosophie digne du vénérable
docteur Pangloss trouveront cependant une autre source d'inspiration,
grâce à l'inimitié que Fabre ressentait pour un dramaturge de l'époque -
Collin d'Harleville. Dans la Préface à la première édition du *Philinte*
(voir Appendice 2) Fabre déclarera:

> Je l'avouerai, jamais je n'ai pu, sans indignation, entendre *l'Optimiste*
> de M. Collin [d'Harleville]. Je n'ai point eu de repos que le théâtre
> n'ait été armé d'une morale spécialement contraire aux principes de
> cet ouvrage. C'est pour les retorquer et en diminuer l'influence,

---

22 Demoustier transformera ce conte en une comédie du même titre, dont la première représentation aura
    lieu le 5 décembre 1790 au Théâtre de Monsieur. Deux autres comédies du même titre avaient déjà
    paru quelques années auparavant, dont l'une est anonyme (1776) et l'autre est de Castaing (1787).

23 De toute apparence, ce Prologue ne fut pas joué lors de la première représentation du *Philinte* puisque
    Fabre y parle de la reprise du *Présomptueux*, qui n'eut lieu qu'*après* le succès du *Philinte*. Un compte
    rendu de la première édition du *Philinte*, paru dans *l'Esprit des journaux* de mai 1791, confirme cette
    hypothèse: l'auteur regrette de ne pas voir jouer ce prologue sur la scène française (p. 69).

autant qu'il étoit en moi, que j'ai composé LE PHILINTE DE MOLIERE, OU LA SUITE DU MISANTROPE.[24]

Fabre, Collin d'Harleville, et l'Optimisme: En 1788, le Théâtre Français donna la première représentation de *L'Optimiste*, comédie en 5 actes et en vers de Collin d'Harleville, pièce qui fit revivre l'esprit de la philosophie de Leibniz à travers le comportement et les maximes de son héros M. de Plinville. Réduite à son expression la plus simple, la philosophie de Leibniz se résume dans la formule 'tout est pour le mieux dans le meilleur des mondes possibles', sentiment que M. de Plinville ne cesse de prôner malgré la suite de mésaventures qui lui arrive au cours de l'intrigue de cette pièce. Cet engouement que manifeste Collin d'Harleville pour la philosophie Leibnizienne, quoique celle-ci soit exprimée sous une forme très superficielle, peut, à la veille de la Révolution, paraître assez étonnant, l'optimisme étant tombé en défaveur dans la deuxième moitié du siècle, en partie grâce aux efforts de Voltaire.[25] Plus important encore, l'optimisme soutenu par un 'homme de qualité', qui se réjouit de sa condition et des inégalités de la société, s'il est acceptable en 1788, aura des résonances peu assorties aux bouleversements politiques et sociaux qui survinrent l'année suivante.

Si on veut croire le témoignage de la Préface du *Philinte*, l'optimisme de Collin d'Harleville n'était pas acceptable, même en 1788, à Fabre d'Eglantine qui se prend pour un homme politique averti. Or, l'inimitié que Fabre ressentait pour les maximes d'un Plinville en 1788 devint plus âpre par la suite à cause de la querelle qui s'éleva en 1789 entre ces deux dramaturges. En cette année, Fabre fit jouer son *Présomptueux ou l'heureux imaginaire*, dont Collin revendiquera la véritable paternité, en prétendant qu'il aurait esquissé la conception de fond de la pièce un soir au théâtre devant une assemblée dont Fabre faisait partie. La pièce de Fabre échoua, et pour comble de malheur pour celui-ci, la pièce de Collin, intitulée *Les Châteaux en Espagne*, jouit d'un succès éclatant lorsqu'elle fut jouée quelques semaines plus tard sur le même théâtre.

---

24 En parlant de l'ouvrage de Molière ainsi que celui de Fabre, les écrivains du dix-huitième siècle, y compris Fabre lui-même, ne se limitaient pas à une seule orthographe du mot 'misanthrope', qui se trouve également sous la forme 'mysanthrope' et 'misantrope'. Nous laissons subsister toutes ces formes différentes (voir ci-dessous, Notes sur la présentation de cette édition).

25 La publication du poème de Voltaire sur le tremblement de terre à Lisbonne (1756) tout autant que la parution de *Candide* en 1759 avaient porté de sérieux coups à cette philosophie.

L'attaque violente que Fabre mène contre Collin dans la Préface du *Philinte* fut donc écrite quelques deux ans après la pièce elle-même et représente surtout un règlement de comptes, et c'est pour cette raison que nous la reproduisons en appendice et non pas à la tête de cette édition. Il n'est pas pour autant exclu que la pièce de Collin ait bien joué un rôle dans la conception du *Philinte*; *L'Optimiste* fut représenté pour la première fois le 22 février 1788; la composition du *Philinte* a lieu entre le 2 et le 14 novembre de la même année.[26] De toute manière, l'optimisme trouve une place importante dans la pièce de Fabre: la philosophie de Philinte est fondamentale à son caractère, et elle joue ainsi un rôle central dans l'intrigue de la pièce, en préparant le coup de théâtre dramatique qui survient à la fin du troisième acte. Mais elle représente également un des principaux thèmes de l'ouvrage car l'intrigue de la pièce met en opposition le froid égoïsme d'un Philinte et l'altruisme chaleureux d'un Alceste. Le déroulement de l'intrigue représente la mise en scène de deux prises de position morales opposées, et le débat moral et philosophique qui sous-tend l'action dramatique est souligné par la discussion sur l'optimisme qui revient à plusieurs reprises au cours de la pièce entre les deux principaux protagonistes, et qui trouve son expression la plus complète dans le deuxième acte (ix, x, xi).

Contexte politique: Dans une lettre publiée avant la première représentation de sa pièce, Fabre décrit l'intérêt principal de celle-ci dans les termes suivants:

> Dans la *Suite du Mysanthrope* il ne s'agit ni d'amour proprement dit, ni d'amour paternel ou filial ou fraternel ou conjugal, ni d'amitié, ni de belles-lettres, ni de sciences, ni de religion, ni de politique, ni de philosophie, ni de ridicules anciens ou modernes, ni de modes, ni d'étiquette, ni de préjugés; ce n'est rien moins qu'un drame, c'est une vraie comédie de caractère, et en ma conscience, j'en crois l'intérêt véhément.[27]

---

26 *L'Optimiste* fut publié par Prault en 1788, et il est donc fort possible que Fabre eût l'édition en main au moment d'écrire sa réponse, et qu'il ait même attendu sa parution pour commencer son propre ouvrage.

27 Lettre publiée dans *L'Esprit des journaux*, avril 1790, pp. 318-328.

Cette déclaration témoigne du dédain de son auteur envers les différentes innovations qui avaient agité le théâtre au cours du dix-huitième siècle, dont l'introduction du drame n'en serait pas la moindre (voir le Prologue et la Préface, reproduits en appendice, pour une amplification du sentiment de Fabre à ce sujet).[28] Toutefois, si Fabre, en définissant sa pièce dans ces termes, semble écarter toute interprétation politique de son ouvrage, la suite de sa lettre laisse deviner un opportunisme bien assorti à son caractère comme à l'air du temps:

> Ma comédie étoit faite, reçue et distribuée par rôle avant la révolution; depuis, je n'ai pas ajouté un vers: cependant jamais pièce de théâtre, à mon sens, ne convint mieux aux circonstances actuelles que la *Suite du Mysanthrope* par la raison que j'y présente au siècle l'homme du siècle, l'homme que doit méditer le législateur, et que l'administrateur doit connoître.[29]

L'à-propos politique de la pièce sera d'ailleurs renforcé dans la Préface, à travers l'attaque menée contre Collin d'Harleville, et contre son *Optimiste* que Fabre accuse surtout d'être un ouvrage antisocial dans le contexte de la Révolution et des inégalités sociales qui l'avaient provoquée. Si *Le Philinte* a été conçu comme une espèce d'antidote à cette pièce, on pourrait s'attendre à ce qu'il préconise des principes plus assortis à la politique républicaine. En effet, sans être une pièce à thèse politique, *Le Philinte* est fait pour plaire au parterre révolutionnaire. Philinte, récemment créé Comte de Valancés, montre l'égoïsme propre à sa nouvelle caste; son châtiment n'en sera que plus mérité. Alceste, dont la noblesse est rachetée par son honnêteté extrême, est persécuté pour avoir défendu un paysan contre un homme puissant. Son meilleur allié dans sa lutte contre l'injustice et dans la défense de sa liberté, sera 'l'honnête avocat', représentant par excellence du Tiers Etat, et digne défenseur des principes fondamentaux du nouveau régime.

---

28 *L'Esprit des journaux*, dans son appréciation de la première édition de la pièce, se sert de l'occasion, à son tour, pour critiquer la mode du drame ainsi que celle de la farce: 'Nous demandons à nos concitoyens comment il est possible qu'on coure à des drames pleureurs, ou à des farces dénuées de bon comique.... Nous avons quitté le naturel pour le factice, le vrai pour le vraisemblable, le pathétique pour l'horreur, et la sensibilité pour les convulsions. Les auteurs dramaturges ou superficiels ont dégradé la scene, & le faux esprit, le persiflage & *le drame* ont pris la place de la bonne comédie.' (*L'Esprit des journaux*, mai 1791, pp. 67-68).

29 *Idem.*

RECEPTION POPULAIRE ET CRITIQUE[30]

Fabre s'était douté que le titre de sa pièce provoquerait des murmures parmi les spectateurs:

> Quelques personnes trouveront sans doute mon entreprise téméraire; d'autres me taxeront d'imprudence, de ce qu'ayant composé cet ouvrage, je n'ai pas l'adresse de faire le modeste en le produisant sous un autre titre.[31]

Le témoignage de plusieurs journaux de l'époque, faisant le compte rendu de la première représentation de la pièce, nous confirme que l'auteur ne s'était pas trompé à cet égard. Malgré leur méfiance initiale, cependant, spectateurs et critiques s'unissent à la fin de cette première représentation pour acclamer la pièce (voir Appendice 3).

L'auteur d'une comédie qui invite à des comparaisons avec un des chefs-d'oeuvre de Molière devait nécessairement s'attendre à une analyse rigoureuse de la qualité de ses vers, comme le souligne le *Mercure de France* qui affirme dans son compte rendu de la pièce de Fabre, que 'le *Misanthrope* de Molière est la pièce la mieux écrite de son Théâtre'. La plupart des journaux qui parlent du *Philinte* critiquent le style de Fabre, mais n'ayant pas le texte imprimé devant les yeux -celui-ci ne paraîtra que l'année suivante - les journalistes doivent se limiter à des remarques assez générales, aucun vers n'étant cité en illustration. Ainsi le *Journal de Paris* parle de son style 'souvent obscur et embarrassé', termes qui reviennent dans l'analyse de la *Correspondance littéraire*. La *Chronique de Paris* reproche à Fabre son style 'souvent âpre et incorrect', tandis que le *Journal général de France*[32] remarque que *Le Philinte* n'est pas sans 'quelques négligeances [sic] dans le style'. Bien que le texte publié dans la première édition témoigne, en effet, de quelques 'négligences' stylistiques, qui se traduisent par des erreurs dans la versification, par des rimes très pauvres, et par un sens parfois obscurci, il est difficile de savoir s'il s'agit des mêmes fautes auxquelles les critiques de l'époque faisaient allusion, le

---

30   Pour une amplification plus détaillée de ces remarques, voir Proud, J., 'Réception populaire et critique de la première représentation du *Philinte de Molière ou la suite du "Misanthrope"* ' dans *Venance Dougados et son temps. André Chénier. Fabre d'Eglantine*, Actes du colloque de Carcassonne (mai 1994), Editions "Les Audois", 1995, pp. 113-123.

31   Lettre publiée dans *L'Esprit des journaux*, avril 1790, pp. 318-328.

32   Journal également connu sous le titre d'*Affiches, annonces et avis divers*.

texte de la première représentation n'ayant pas survécu en entier (voir ci-dessous 'Sources de cette édition'). Tous les journaux d'ailleurs trouvent des compensations à ces défauts stylistiques, non seulement dans la conception et l'exécution de l'intrigue, qu'ils applaudissent à l'unanimité, mais dans le style lui-même. Le *Journal de Paris* reconnaît qu'il y a 'de belles, de très belles masses [sic] dans le rôle du Misantrope', et la *Chronique de Paris* estime que le style a 'de la chaleur et de la verve'; ces mots reviennent dans les articles du *Mercure* et du *Journal général de France*, ce dernier allant jusqu'à trouver dans l'ouvrage des vers 'superbes'. Reste à remarquer que l'article de *L'Esprit des journaux*,[33] qui donne l'analyse de la première édition du *Philinte* au mois de mai de l'année suivante, ne s'éternise pas sur des défauts de style dans cette première édition quoique les auteurs eussent le texte imprimé devant les yeux:

> Le style de cette pièce paroît par fois un peu négligé: mais il offre aussi des tirades fortement écrites, de grandes pensées, des tournures de phrases hardies et pleines d'expression, et par tout une grande facilité. En un mot, c'est un ouvrage plein de sens, de chaleur, de verve, d'énergie, et qui prouve une profonde connoissance de la scène, des moeurs et du coeur humain.[34]

Le *Journal encyclopédique* qui avait fait l'éloge de la pièce lors de la première représentation, accueillit la première édition dans les termes suivants:

> Ce qui manqua surtout au désir que nous avions de faire connoître cet ouvrage à nos lecteurs, ce fut de nourrir notre extrait des citations de quelques-uns des meilleurs morceaux: nous sçavions qu'il y en avoit beaucoup à recueillir, & que nous n'aurions pu que nous trouver dans l'embarras du choix, si notre mémoire nous avoit servis assez utilement à cet égard; mais comme cela étoit impossible, nous nous engageâmes des-lors avec nos lecteurs, aussi-tôt que la

---

33 Ce périodique proposait à ses lecteurs des extraits de périodiques européens contemporains, souvent en combinant des paragraphes pris dans plusieurs journaux différents. L'article sur *Le Philinte de Molière*, qui parut au mois de mai 1791 dans *L'Esprit des journaux*, est attribué au *Journal encyclopédique* et aux *Affiches, annonces et avis divers* [*Journal général de France*].

34 *L'Esprit des journaux*, mai 1791, p. 69.

pièce paroîtroit imprimée, de les rétablir dans la jouissance des beautés principales dont nous avions été forcés de les priver.[35]

Si les journaux en 1790 ne font aucune allusion directe aux événements politiques qui bouleversaient alors la capitale, le vocabulaire dont ils se servent pour exposer l'intrigue de la pièce témoigne d'une certaine insistance sur des notions de liberté et de justice, et sur les perversions propres à l'aristocratie ambitieuse et arriviste. Selon l'article paru dans *l'Esprit des journaux* de mai 1791, il est clair que la pièce représente une critique des moeurs corrompues de l'Ancien Régime. Lorsque Alceste expose les motifs de son nouvel exil, il termine son récit avec la triste assertion que:

> La loi donne aux méchants son approbation,
> Et l'exil est le prix d'une bonne action.
> (*Le Philinte*, I vi, 265-266).[36]

En commentant ces vers et la situation qui les avait provoqués, cet article nous peint Eliante 'émue de ce tableau frappant de notre ancienne et barbare administration'. Le rédacteur de ce compte rendu va, d'ailleurs, jusqu'à justifier ce qui lui paraît, de toute évidence, un lapsus de la part de Fabre: celui de faire paraître sur scène un magistrat équitable, quoique d'Ancien Régime. Et le journaliste de résoudre ce paradoxe en affirmant:

> Nous nous contenterons de répondre que cette image exista sous Louis XIV, dans l'âme de Pomponne, et sous Louis XV, dans celle de Turgot. Ne calomnions pas la nature, qui, dans tous les tems, nous offrit quelques vertus.[37]

Le *Journal encyclopédique*, l'une des sources de cet article dans *L'Esprit des journaux*, avait déjà fait allusion au contexte politique dans son compte rendu de la première représentation du *Philinte*, dans un article qui souligna les nouvelles responsabilités d'un auteur dramatique dans l'ère révolutionnaire:

---

35   *Journal encyclopédique*, 30 mars 1791, p. 60.
36   *L'Esprit des journaux*, mai 1791, p. 76.
37   *Idem*, p. 95.

Quant à la vertueuse chaleur du Misanthrope, M. Fabre d'Eglantine ne l'a point laissée se refroidir: Alceste est toujours sublime; et comme il s'agit dans cette comédie, d'objets plus importans que ceux sur lesquels roule l'ancien MISANTHROPE, tels que le *sonnet d'Oronte, la coquetterie de Célimène*, &c. on n'est point tenté de désirer qu'Alceste unisse moins de sévérité à la vertu qui le guide, parce qu'ici cette même vertu a besoin de toute sa force. Qu'on ne croie pas cependant que nous voulions en aucune façon déprimer le chef-d'oeuvre de Molière. La différence des époques caractérise les deux MISANTHROPES. Molière n'a dû peindre que la nature qu'il voyait: on ne devoit aujourd'hui nous offrir que le Misanthrope d'un peuple libre.[38]

'Le Philinte' au théâtre: Malgré le succès de la première représentation et les éloges unanimes de la critique, *Le Philinte de Molière ou la suite du Misanthrope* ne resta pas longtemps à l'affiche. Selon l'article de *L'Esprit des journaux* , '*Le Philinte de Molière* n'a attiré personne au théâtre françois, et il n'a eu qu'un succès d'estime'.[39] Au total la pièce eut 9 représentations en 1790 et 4 en 1791, mais si ces chiffres ne semblent guère spectaculaires, remettons-les quand même dans leur contexte. Pour la période mai 1789 à septembre 1792, Tissier recense 47 nouvelles pièces parues au Théâtre Français.[40] De ces pièces, 13 seulement connaissent plus de 13 représentations, 2 (dont *Le Philinte*) en ont 13, et 32 en ont moins de 13, ce qui place Fabre dans les quinze premières places.

Quoique le détail nous manque, la déclaration de Fabre sur l'échafaud suggère que la pièce était toujours représentée en 1794, et les archives de la Bibliothèque Nationale confirment la popularité du *Philinte* dans la période qui suivit la mort de son auteur. En effet, dans le 'Répertoire des pièces de Fabre d'Eglantine' que contiennent ces archives,[41] on peut lire la date de chaque représentation, ainsi que les recettes à la caisse, pour toutes les pièces de Fabre représentées du début de l'an VII à la fin de l'an XI. Selon ce document précieux, il y eut 22 représentations du *Philinte* pendant cette période, dont quatre demandées par le public, sur un total de 97 représentations de ses différentes pièces.

---

38 *Journal encyclopédique*, 1er avril 1790, pp. 82-83.
39 *L'Esprit des journaux*, mai 1991, p. 68.
40 Tissier, A., *op. cit.*, Droz, 1992.
41 Bn Mss Nouvelles acquisitions françaises 24348[2] (Poésies diverses)

Il ne parut que trois éditions du *Philinte* pendant le court intervalle entre sa composition et la mort prématurée de son auteur, mais la pièce a été rééditée à plusieurs reprises au cours du dix-neuvième siècle, surtout dans les répertoires du Théâtre Français (voir la Bibliographie). L'édition la plus récente est celle de Mme Charrier (Paris, Hatin, 1924).

SOURCES DE CETTE EDITION ET NOTES SUR SA PRESENTATION

Nous reproduisons ici le texte de la première édition de la pièce, publiée à Paris par Prault en 1791. Quoiqu'il existe une autre édition qui date de 1791, celle-ci semble être postérieure à l'édition de Prault qui est, en effet, annoncée dans les journaux de l'époque comme première édition de l'ouvrage. Cette deuxième édition de 1791 porte la mention 'à Paris, et se vend à Bruxelles chez JL de Boubers, Imprimeur-Libraire'. L'absence du nom de l'imprimeur parisien ainsi que la mention de l'imprimeur de Boubers nous porte à croire qu'il pourrait s'agir ici d'une contrefaçon bruxelloise de la première édition, hypothèse qui n'est pas contredite par l'absence, dans cette deuxième édition, de la Préface qui se trouve dans la première. En effet, il serait tout à fait normal qu'une édition clandestine de la pièce ne contienne pas cette Préface, étant donné que l'inclusion de celle-ci aurait nécessité une dépense supplémentaire importante en papier et en caractères d'impression, tout en n'apportant que peu à l'appréciation de la pièce elle même (voir ci-dessous). Le texte de la deuxième édition est conforme à celui de la première, sauf qu'il corrige les fautes d'impression qui avaient paru dans l'édition de Prault (signalées dans une liste d'Errata à la fin de la première édition).

De cette première édition, nous avons gardé l'orthographe, l'accentuation et la ponctuation qui sont, pour la plupart, conformes aux normes du dix-huitième siècle. Dans des cas où ces éléments présenteraient des leçons inattendues, nous les signalons par la mention '[sic]' dans une note. La seule modification que nous avons apportée au texte de la première édition est d'en avoir corrigé les fautes signalées dans la liste d'*Errata* placée à la fin de l'édition de Prault. Toutes ces fautes étant de nature typographique, nous avons pensé ne rien perdre en les supprimant.

Notre présentation du Prologue et de la Préface est également conforme à celle que nous avons adoptée pour le texte de la pièce.

Toutefois, nous avons cru bon de les placer à la fin de l'ouvrage, non seulement à cause de leur longueur, mais, surtout dans le cas de la Préface, à cause du peu de lumière qu'ils jettent directement sur la pièce elle-même. En effet, ces deux morceaux, s'ils nous fournissent des renseignements précieux sur la psychologie de leur auteur en 1790-91, c'est-à-dire après la première représentation de la pièce, et dans le cadre des événements politiques de cette période, ils sont d'une autorité douteuse en ce qui concerne la composition de la pièce, trois ans auparavant. Nous ne croyons pas pour autant que ceci représente une raison pour les supprimer complètement comme l'ont fait la plupart des éditeurs de cette pièce depuis la mort de Fabre. Outre l'avantage de nous faire pénétrer un peu plus en avant dans le caractère de leur auteur,[42] ces deux morceaux nous présentent un aperçu de l'avis de Fabre sur les deux révolutions qui agitaient la France dans les années 1790; celle qui s'opérait dans les rues de la capitale, et celle qui se poursuivait au sein même du théâtre français.

Quant à la présentation des extraits de journaux, reproduits en appendice, nous y avons également conservé l'orthographe, l'accentuation et la ponctuation originales. Garder ces éléments authentiques ne gêne en rien notre compréhension du sens de ces comptes rendus, et ils servent à évoquer plus fidèlement le ton de l'époque, tout en nous aidant à apprécier le style particulier des différents périodiques dont les articles sont tirés.

Variantes: Parmi les oeuvres manuscrites de Fabre d'Eglantine conservées à la Bibliothèque Nationale à Paris, il se trouve une version manuscrite du *Philinte* qui, à en juger par ce qu'il contient, serait une des premières versions définitives de la pièce à être couchées par écrit, sinon la première (voir ci-dessus, note 3). Ce manuscrit nous fournit un témoignage éloquent du processus de composition, le texte étant très riche en ratures et en corrections, dont l'écriture et la couleur de l'encre semblent confirmer qu'il s'agit, pour la grande majorité, de modifications effectuées sur le champ, et non pas de révisions ultérieures.[43] Une étude comparative entre ce manuscrit et la première édition du *Philinte* nous permet de suivre quelques éléments de la genèse de la pièce, et de constater la facilité avec laquelle Fabre semble avoir composé son chef-d'oeuvre. En effet, la grande majorité des vers du manuscrit ont la forme définitive que l'on

---

42 Voir l'article de Proud, J., *op. cit.*
43 Une dizaine de corrections sont écrites d'une encre différente, et sembleraient résulter d'une révision ultérieure de la pièce.

trouvera dans la première édition (voir Tableau ci-dessous).[44] Les vers du manuscrit qui ne sont pas conformes à ceux de la première édition sont donnés comme variantes dans notre édition.[45]

La question que l'on doit se poser est bien sûr celle de savoir à quel moment Fabre aurait corrigé son texte pour arriver à la version qui se trouve dans la première édition. Est-ce que la pièce telle qu'elle fut représentée en février 1790 suivait le texte qui se trouve dans le manuscrit de la Bibliothèque Nationale, le texte tel qu'il s'imprimerait l'année suivante lors de la première édition, ou une version intérmédiaire qui ne soit pas parvenue jusqu'à nous? Cette question est d'une importance toute particulière vu les commentaires des journalistes sur le style de l'ouvrage suite à la première représentation. Est-ce que le texte de la première édition ne fut mis au point qu'à la lumière de ces commentaires?

Parmi les documents concernant Fabre d'Eglantine dans les Archives de la Comédie Française, il se trouve un fragment du *Philinte de Molière*, qui consiste seulement dans la portion de la pièce destinée à l'acteur qui jouait le rôle du Procureur Rolet. Quoique ce fragment soit trop court pour apporter des preuves certaines dans notre étude de la genèse de cette pièce, il peut nous permettre, s'il s'agit du texte de la première représentation, de remarquer que les corrections se rapportant à ce rôle auraient été effectuées *auparavant*, car ce texte est plus ou moins conforme à celui de la première édition et non pas à celui du manuscrit de la Bibliothèque nationale.[46]

---

44 Nous n'avons pas tenu compte de quelques légères différences dans la ponctuation de ces vers ni dans tous ceux du manuscrit, celui-ci étant, surtout, fort démuni de virgules.

45 Ces variantes sont précédées de la mention 'var. ms.' (variante manuscrite). Nous reprenons toujours le vers entier, ainsi que la ponctuation de la fin du vers, le tout étant placé entre des guillemets. Les mots illisibles dans le manuscrit sont remplacés ou précédés par un point d'interrogation et placés entre crochets.

46 Nous ne tenons pas compte de quelques légères différences de ponctuation et de capitalisation. Le manuscrit de la Comédie Française (Ms. ACF) présente toutefois quelques variantes à la première édition, qui seraient, pour la plupart, des erreurs du copiste. Nous présentons ces variantes dans les notes de cette édition.

TABLEAU

RESULTATS D'UNE COMPARAISON ENTRE LA PREMIERE EDITION DU *PHILINTE* ET LE MANUSCRIT DE LA BIBLIOTHEQUE NATIONALE

****

Sur les 1.806 vers de la première édition, 1.703 seulement peuvent être comparés au manuscrit, étant donné que celui-ci manque une page entière, qui correspond à quelques 103 vers[1]

****

Vers qui paraissent dans le manuscrit, sans ratures ni corrections, exactement tels qu'ils sont dans la première édition	962
Vers qui ont subi quelques légères corrections (d'orthographe ou de ponctuation) dans le manuscrit, et dont la version corrigée est conforme à la première édition	14
Vers qui ont subi de plus amples corrections, mais dont la version finale dans le manuscrit est conforme à la première édition	468
Vers manuscrits = vers de la première édition	1.444
	soit 85%

---

[1] Une page du manuscrit se termine sur les mots de Dubois (les deux premières syllabes du vers 69 dans cette édition), et la page suivante commence par les mots que Philinte adresse à Alceste, au vers 173. Comme il n'y a aucune suite logique entre ces deux vers (tant sur le plan de la versification que sur celui du sens), et comme le nombre de vers qui manquent par rapport à la première édition correspond au contenu moyen d'une page manuscrite (recto verso), l'hypothèse d'une page égarée paraît logique.

Vers qui n'ont subi aucune correction dans le
manuscrit, et qui ne correspondent pas exactement
au vers équivalents dans la première édition   180

Vers qui ont été revus dans le manuscrit mais qui ne
correspondent toujours pas au vers équivalents dans
la première édition   59
        Variantes (signalées dans les notes   ----
        de cette édition)   239
                                      soit 14%

Vers de la première édition qui ne
paraissent pas dans le manuscrit (signalés dans les notes)   20

                                        1.703

Le manuscrit contient en outre quelques 80 vers qui ne sont pas dans la
première édition ('vers supplémentaires' (vers supp. ms.) dans les notes de
cette édition).[2]

Voir également les quelques lignes en prose (lettre de Robert que lit
l'avocat, II ii) dont les variantes manuscrites sont signalées dans les notes
de cette édition.

---

[2] Les notes sont insérées à l'endroit qui semble correspondre le plus exactement à la position voulue de
ces vers, quoique celle-ci ne soit pas toujours très claire ni par la position physique des vers
manuscrits (parfois écrits en marge, en haut, ou en bas de la page), ni par leur sens.

BIBLIOGRAPHIE SOMMAIRE

Editions de la pièce publiées du vivant de son auteur

Fabre d'Eglantine, *Le Philinte de Molière ou la Suite du Misanthrope* [avec Préface et Prologue], Paris, Prault, 1791.

Fabre d'Eglantine, *Le Philinte de Molière ou la Suite du Misanthrope* [avec Prologue], Paris, Bruxelles, 1791.

Fabre d'Eglantine, *Le Philinte de Molière ou la Suite du Misanthrope*, [avec Prologue] dans *Recueil de Comédies* (8), Amsterdam, Gabriel Dufour, 1792.

Liste non-exhaustive d'éditions posthumes

Fabre d'Eglantine, *Le Philinte de Molière ou la Suite du Misantrope*, Paris, Fagès, 1808.

Fabre d'Eglantine, *Le Philinte de Molière ou la Suite du Misanthrope*, dans *Répertoire général du théâtre français... Théâtre du second ordre, comédies en vers*, T. XVI: Œuvres choisies de P-F-N Fabre d'Eglantine, Paris, Nicolle, 1818 et réimpression Paris, Dabo, 1821.

Fabre d'Eglantine, *Le Philinte de Molière ou la Suite du Misanthrope*, dans *Répertoire du théâtre français (2e ordre)*, T.XXXIX: Chef d'oeuvres dramatiques de Fabre d'Eglantine, avec notice, Paris, Didot, 1822.

Fabre d'Eglantine, *Le Philinte de Molière ou la Suite du Misanthrope*, dans *Théâtre françois, répertoire complet*, T.XLIV: Fabre d'Eglantine, Paris, Belin, 1822.

Fabre d'Eglantine, *Œuvres choisies [...]*, *avec des remarques, des notices et l'examen de chaque pièce par MM. Ch. Nodier et P. Lepeintre [précédée par une notice par L. Thiessé]*, Paris, Dabo-Butschert, 1824 et réimpression 1825. [Contient les avis de La Harpe, Chénier, Geoffroy et Fiévée sur l'oeuvre de Fabre].

Fabre d'Eglantine, *Œuvres choisies [...]*, Paris, Dabo-Butschert, 1825.

Fabre d'Eglantine, *Le Philinte de Molière ou la Suite du Misanthrope*, dans *Répertoire du théâtre français (2e ordre)*, Paris, Baudoin Frères, 1829 et réimpression Paris, Bazouge-Pigoreau, 1834.

Fabre d'Eglantine, *Le Philinte de Molière ou la Suite du Misanthrope*, Paris, Rion, 1878.

Fabre d'Eglantine, *Le Philinte de Molière*, Notice et notes par Mme Ch. Charrier, *Les Classiques pour tous no. 215*, Hatier, Paris, 1924.

Vie de Fabre

Caucanas, S., & R. Cazals (Eds), *Venance Dougados et son temps. André Chénier. Fabre d'Eglantine*, Actes du colloque de Carcassonne (mai 1994), Editions "Les Audois", 1995.

Dictionnaire de biographie française, T.XIII, Paris, 1975.

Fabre d'Eglantine, *Correspondance amoureuse*, Hambourg et Paris, 3 vols, (s.d.).

Faber, F., 'La Carrière dramatique de P-F-N Fabre d'Eglantine, membre de la convention nationale. Etude biographique', dans *Mémoires de la Société des Arts et des Sciences de Carcassonne*, 1879-1884, TIV, 3ème partie, pp. 415 & s.

Fournel, V., *Fabre d'Eglantine*. 'Le Comédien, l'auteur dramatique et le révolutionnaire', dans *La Revue des questions historiques* T. 54, 1893, pp. 145-215.

Froidecourt, G. de, *Fabre d'Eglantine, plaideur*, Paris, 1938.

Froidecourt, G. de, *Le Procès de Fabre d'Eglantine devant le magistrat de Namur en 1777*, Liège, 1941.

Jacob, L., *Fabre d'Eglantine, chef des 'fripons'*, Paris, 1946.

Petitot, *Répertoire du Théâtre François ou Recueil des tragédies et comédies restées au théâtre depuis Rotrou*, T.XV, Paris, 1804.

Poètes audois dans la tourmente, Musée des Beaux-Arts de Carcassonne, 1994.

Quérard, *La France littéraire*, T.III, Paris, 1964.

Roland, J.-M., *Mémoires de Madame Roland*, ed Paul de Roux, Mercure de France, 1966.

Rouvière, F., 'Dimanches révolutionnaires. Fabre d'Eglantine, Directeur du Théâtre de Nîmes 1785-1786', Nîmes, 1888.

Analyses du 'Philinte de Molière' (voir également la plupart des livres cités ci-dessus)

Stackelberg, J. von., 'Zu Fabre d'Eglantines Le Philinte de Molière' dans *Romanische Forschungen*, 1985, V. 97(4), pp. 390-401.

Fabre, Collin d'Harleville et l'Optimisme

Fabre Eglantine, *Lettre de M. Fabre d'Eglantine à Monsieur de *****, relativement à la contestation survenue au sujet du 'Présomptueux ou l'Heureux Imaginaire' et 'les Châteaux en Espagne' comédies en cinq actes* *et en vers*, [lettre datée du 12 janvier 1789] S.l. n.d.

Rodmell, G.E., *French Drama of the Revolutionary Years*, Routledge, 1990, Chapitre 5, pp. 108-135.

Tissier, A., *Collin d'Harleville, chantre de la vertu souriante* (1755-1806), Paris, Nizet, 1965.

Worth, V., 'Optimism and Misanthropy: Some Seventeenth-Century Models in a Late Eighteenth-Century Debate', dans *Seventeenth-Century French Studies*, 1991, v.13, pp. 163-178.

Molière au dix-huitième siècle

D'Alembert, *Lettre à M. J.-J. Rousseau sur l'article 'Genève', tiré du septième volume de 'L'Encyclopédie'*, Amsterdam, 1759.

Delon, M., 'Lectures de Molière au 18ème siècle', dans *Europe* no. 523-524, 1972, pp. 92-102.

Demoustier, C.A., *Alceste à la campagne ou le Misanthrope corrigé, comédie en 3 actes et en vers, représentée à Paris en 1790 & remise au théâtre en 1793*, Paris, 1798.

Descottes, M., *Molière et sa fortune littéraire*, Editions Ducros, 1970.

Doumic, R., *Le Misanthrope de Molière*, Paris, 1929.

Faguet, E., *Rousseau contre Molière*, Paris, 1910.

Marmontel, *Apologie du théâtre ou analyse de la lettre de M. Rousseau*, La Haye, 1761.

Marmontel, *Le Misanthrope corrigé* dans *Nouveaux contes moraux*, Paris, J. Merlin, 1765.

Roth, G., *Chef d'oeuvres comiques des successeurs de Molière*, Larousse, 2 vols, Paris, 1914.

Rousseau, J-J., *Lettre à M. D'Alembert sur les spectacles*, 1758, Classiques Garnier, 1962.

Rousseau, J-J., *Discours sur les sciences et les arts* (1750), Classiques Garnier, 1962.

Le Théâtre au dix-huitième siècle

Brenner, C.D., *A Bibliographical List of Plays in the French Language, 1700-1789*, Berkeley, 1947.

Brenner C.D., Goodyear N.A., *Eighteenth-Century French Plays*, New York, 1927.

Carlson, M., *The Theatre of the French Revolution*, Cornell University Press, 1966.

Rodmell, G.E., *French Drama of the Revolutionary Years*, Routledge, 1990.

Tissier, A., *Les Spectacles à Paris pendant la Révolution (1789-1792)*, Droz, 1992.

Truchet, *Théâtre du XVIIIe siècle*, T.I, Gallimard, 1972.

Welschinger, H., *Le Théâtre de la Révolution 1789-1799*, Paris, 1880.

LE PHILINTE DE MOLIERE

OU

LA SUITE DU MISANTHROPE

COMEDIE
EN CINQ ACTES ET EN VERS

PAR P.F.N. FABRE D'EGLANTINE

Représentée au Théâtre François
le 22 février 1791

.......Miserere succurere disco
Virg. *AEneid.* L.I.

----

prix 30 sols

A Paris, chez Prault, Imprimeur du Roi,
quai des Augustins, à l'Immortalité

1791

PERSONNAGES

PHILINTE, ami d'Alceste.
ALCESTE, ami de Philinte.[1]   Personnages de la
ELIANTE, femme de Philinte.   comédie du Misanthrope
DUBOIS, valet-de-chambre d'Alceste.

UN AVOCAT, pauvre.
UN PROCUREUR, riche.
UN COMMISAIRE de Police.[2]
UN HUISSIER.
UN GARDE du Commerce.[3]
LAQUAIS.   Personnages muets
RECORS.

La Scène est à Paris, dans l'hôtel de Poitou, garni,[4] et se passe dans une anti-chambre commune aux appartemens de l'hôtel

---

1   Variante manuscrite: 'Alceste, misantrope.'.
2   Var. ms.: 'Un commisaire.'.
3   Var. ms.: 'Un officier de commerce.'.
4   Des hôtels garnis, l'équivalent en quelque sorte de nos hôtels modernes, servirent souvent de cadre pour des comédies, permettant à plusieurs personnes de se retrouver dans le même endroit (Fabre s'en était déjà servi dans *Le Présomptueux* (1789)). Dans *Le Philinte*, pourtant, ce cadre joue un rôle important dans l'intrigue de la pièce, car il permet au Procureur de croire que Philinte essaye d'échapper à la justice en quittant sa demeure habituelle. En même temps il permet à l'auteur de souligner les ambitions de Philinte (son hôtel particulier doit être aménagé pour mieux refléter son nouvel état, ce qui nécessite ce déménagement temporaire), et les légères discordances qui existent dans le couple Philinte-Eliante.

ACTE PREMIER

SCENE PREMIERE

ELIANTE, PHILINTE.

PHILINTE, *avec humeur.*[5]
Je prends tout doucement les hommes comme ils sont,
J'accoutume mon âme à souffrir ce qu'ils font.[6]
Eliante, on fait mal, pour vouloir trop bien faire;
Un defaut peut servir, et ce qui nuit peut plaire.
Mais il vous faut, Madame, un empire absolu.   5
Ce qu'une femme veut, ce qu'elle a résolu,
Ne peut souffrir d'obstacle; et quand la circonstance
Lui fournit les moyens d'établir sa puissance,
Il ne faut pas douter de sa précaution
A dominer par-tout avec prétention:[7]   10
[8]Qu'importe le succès? L'erreur n'est jamais grande:[9]
Tout va bien, après tout, pourvu qu'elle commande.

---

5   Le manuscrit de la Bibliothèque Nationale n'indique jamais l'identité des interlocuteurs ni la façon
       dont les paroles sont censées être prononcées.

6   Note de la première edition: 'Ces deux vers sont de Molière, & c'est Philinte, dans le Misanthrope,
       qui les prononce.' Le manuscrit n'indique pas qu'il s'agit d'une citation.

7   Var. ms.: 'A montrer son esprit de domination:'.

8   Vers supplémentaires dans le manuscrit [le manuscrit est déchiré à l'endroit des mots qui
       manquent]:
       '[? Qui] l'anime toujours plus que toute autre chose
       [? Et] lui sert de matière un rien, la moindre cause
       Un changement de meuble un tracas de valets
       C'en est assez pour elle et voila ces arrêts'.

9   Var. ms.: '[? Bons] ou mauvais n'importe et l'erreur n'est pas grande:'.

ELIANTE.
Pourquoi donc cette humeur? Philinte, y pensez-vous?
D'ou vient cette colère? et quand...

PHILINTE.
Moi, du courroux?
Non, Madame; je sais que si je fus le maître   15
Dans ma maison; c'est vous, oui, vous, qui devez l'être
Maintenant.

ELIANTE.
Maintenant?

PHILINTE.
Votre tour est venu.
Au Ministère enfin votre oncle parvenu,
A votre volonté donne un relief étrange;
Et sur ce grand crédit, il faut que je m'arrange.   20

ELIANTE.
Oh! que cette querelle est bien d'un vrai mari!

PHILINTE.
Mais point. Je sens très bien tout ce qu'un favori,
Un oncle tout puissant, depuis quelques semaines,
Doit donner, à nous deux, d'influence ou de peines.[10]
Un peu d'ambition m'a gagné, je le sais.   25
Me voilà, par vos soins, Comte de Valancés;
Mais Philinte toujours d'humilité profonde.
Comte de Valancés, pour briller dans le monde;
Mais Philinte, céans, autant qu'il se pourra,
Pour n'y faire, en un mot, que ce qu'il vous plaira.   30

ELIANTE, *riant.*
Comte de Valancés, mais toujours cher Philinte,
Avez-vous tout dit?

---

10   Var. ms.: 'Doit donner, à nous, d'influence et de peines.'.

PHILINTE.

Oui.

ELIANTE.
Voyons: de cette plainte,
De cet excès d'humeur, dites-moi la raison?
Raison juste ou plausible.

PHILINTE.
Eh bien! quelle maison,
Dites-moi, je vous prie, est celle que j'habite   35
Depuis six jours?[11]

ELIANTE.
C'est un hôtel garni.

PHILINTE.
Quel gîte!
Lorsqu'un titre d'honneur exige de l'éclat,
Que, tour-à-tour, chez moi, les plus grands de l'Etat,
Vont venir à la file; il vous a plu de faire
De l'hôtel de Poitou ma demeure ordinaire.   40

ELIANTE.
[12]Sur de nouveaux projets notre hôtel s'établit;
Et quand, du haut en bas, on arrange, on bâtit,
Falloit-il, pour trois mois d'intervalle, peut-être,[13]
Se meubler autre part? Vous en êtes le maître.
Mais qui s'en chargera? Sera-ce vous, ou moi?   45
Cette espèce de soin veut de la bonne foi.
Qu'à quelque Entrepreneur la charge en soit donnée,
Et l'on vous volera vos rentes d'une année.

---

11   Var. ms.: 'Depuis deux jours?'.
12   Vers supp. ms.: 'Que vous êtes pressé de vous fâcher d'un rien
      J'ai tout fait pour le mieux. Quand on a peu de bien
      Ou qu'un nouvel éclat du mois le diminüe
      Une vaine dépense est toujours superflue'.
13   Var. ms.: 'Fallait-il pour trois mois, encore moins peut-être,'.

PHILINTE.

C'est fort bien dit, Madame, et vous ne pourriez pas
M'alléguer aujourd'hui ces motifs d'embarras,   50
Si, comme j'ai déjà commencé de le dire,[14]
Vous n'aviez, par avance, usé de votre empire,
Pour me faire chasser Robert mon Intendant.

ELIANTE.

C'est un fripon.

PHILINTE.

Robert était adroit, prudent,
Actif, officieux.[15]   55

ELIANTE.

C'est un fripon, vous dis-je;
Oui, Monsieur, et croyez, lorsqu'un valet m'oblige[16]
A le faire chasser, sans nul ménagement,
Qu'il le mérite bien.

PHILINTE.

Madame, assurément.
Je n'ai pas balancé. Soit raison, soit caprice,[17]
Ce Robert, en un mot, n'est plus à mon service;[18]   60
Que voulez-vous de plus? Mais d'un vol controuvé[19]
Je pense qu'on l'accuse, et rien n'est moins prouvé.

ELIANTE.

Et moi, j'en suis certaine; et, sans trop vous déplaire,[20]
Voulez-vous que j'ajoute un avis nécessaire?[21]
Sans zèle pour les bons, foible pour les méchans,   65

---

14   Var. ms.: 'Si pour mieux réussir [?] contredire,'.
15   Var. ms.: 'Complaisant, très actif.'.
16   Var. ms.: 'Oui, Monsieur, et croyez que lorsque l'on m'oblige'.
17   Var. ms.: 'Je n'ai pas balancé, d'après votre prière,'.
18   Var. ms.: 'Je l'ai mortifié de la bonne manière'.
19   Var. ms.: 'En le congédiant, mais d'un vol controuvé'.
20   Var. ms.: 'Et moi je suis certaine. Ecoutez cher Philinte,'.
21   Var. ms.: 'Voulez vous qu'en deux mots je m'explique sans feinte?'.

Vous vous ménagez trop, mon cher, dans vos penchans.

PHILINTE.

Je suis comme il faut être; et tout me dit, me prouve...

SCENE II

ELIANTE, DUBOIS, PHILINTE.

DUBOIS.

Monsieur, graces[22] au Ciel, à la fin, je vous trouve,[23]
Jai cru...[24]

PHILINTE.[25]

C'est vous, Dubois! que faites-vous ici?

DUBOIS.

Je vous cherche tous deux   70

PHILINTE.

Que veut dire ceci?

Comment....

ELIANTE.

N'êtes-vous plus au service d'Alceste?

DUBOIS.

J'y suis jusqu'à la mort; mais un tracas funeste...

ELIANTE.

Eprouve-t-il encor des revers, aujourd'hui,
Dans sa retraite?

---

22   *Sic.*
23   Var. ms.: 'Enfin graces au ciel, à la fin je vous trouve,'
24   Var. ms.: 'Monsieur...'.
25   Il manque une page dans le manuscrit à partir de cette réplique, c'est-à-dire vers 69 à 173 dans
      cette édition.

DUBOIS.

Encor? Le diable est après lui.
Ils vont chanter victoire, à présent, les infâmes;   75
Et s'il tombe un malheur, c'est sur les bonnes âmes.

PHILINTE.

Vous verrez qu'au milieu des rochers et des bois,
Sévère défenseur de la vertu, des lois,
Il se sera mêlé, je gage, en quelque affaire,
Ou dans quelque débat, dont il n'avait que faire.   80

DUBOIS.

Monsieur l'a deviné. C'est son coeur excellent...

PHILINTE.

Oh! voilà mon censeur austère et violent...

DUBOIS.

Tout ceci vient d'un champ, près d'une métairie,
Qui depuis fort long-temps est dans sa seigneurie.
Et pour le conserver... Mon maître a tant de mal!   85
Le champ n'est pas à lui... Non vraiment... C'est égal;
Tout comme le sien propre il cherche à le défendre.
Les enragés, voyant qu'ils ne pouvaient le prendre,
L'ont voulu saisir, lui... Douze ou quinze Sergens
Sont venus l'arrêter...   90

ELIANTE, *alarmée.*
Votre maître!..

DUBOIS.
Ses gens
Ont écarté bientôt toute cette canaille:
Et lui de se sauver. Enfin, vaille que vaille,
Il fuit, pour aller loin dévorer son souci;
Et pour vous embrasser, il passe par ici.

ELIANTE.

Et quand arrive-t-il?   95

DUBOIS.
Mais, de la nuit dernière,
Nous sommes dans l'hôtel. La chose est singulière;
Vous y logez aussi. L'on m'a dit: 'Demandez...'
Car vous avez deux noms, à présent, attendez...
On vous nomme Monsieur.. Monsieur.. D'abord j'oublie.
Les noms. Quoi qu'il en soit, l'hôtesse, fort jolie,   100
Qui me voyait courant, depuis le grand matin,
Et qui sait vos deux noms, m'a dit:...

ELIANTE.
Heureux destin!
Ton maître est dans l'hôtel?

DUBOIS.
Oui, vraiment.

PHILINTE.
Viens; je vole...

DUBOIS.
Attendez. N'allons pas, ici, faire une école.
Il écrit. Vous sentez qu'après de pareils coups,   105
Les affaires, là-bas, sont sens-dessus-dessous;
Il m'a bien dit: 'Dubois, ne laisse entrer personne...
'Parce que...' Peste! il faut faire ce qu'on m'ordonne;
Attendez, s'il vous plaît, que j'aille un peu savoir...
Si vous... Oh! qu'il aura de plaisir à vous voir!   110
(*Il sort.*)

SCENE III

ELIANTE, PHILINTE.

PHILINTE.
Cet homme, je le vois, sera toujours le même.

ELIANTE.
Monsieur, plaignons Alceste.

PHILINTE.
Ou plutôt son systême.

ELIANTE.
Que nous devons bénir la fortune, aujourd'hui,
Qui nous offre un moyen de lui servir d'appui !
Mon oncle, avec succès, sur notre vive instance,   115
Emploîra son crédit, son zèle, sa puissance,
Et surtout sa justice, à servir notre ami.

PHILINTE.
Je promets de ne pas m'employer à demi,
Pour finir une affaire, assez embarrassée,
Puisque sa liberté se trouve menacée.   120
Mais encore, Madame, il est prudent, je crois,
De connaître, avant tout sa conduite, ses droits ;
Car sa bizarrerie, impossible à réduire,
En de tels embarras auroit pu le conduire,
Qu'il seroit messéant et même dangereux   125
De s'avouer, bien haut, sottement généreux.
Mais je le vois.

SCENE IV

ELIANTE, ALCESTE, PHILINTE.

PHILINTE, *se jettant au cou d'Alceste.*
Alceste, embrassons-nous! que j'aime
Ce souvenir touchant! qu'en un malheur extrême,
Vous ayez pris le soin de venir, de voler
Vers vos plus chers amis, prompts à vous consoler.   130

ELIANTE, *émue.*
Rassurez-vous, Alceste, et croyez qu'Eliante
Ne voit pas vos malheurs d'une ame indifférente.

ALCESTE,
serrant de droite et de gauche les mains de ses amis.
Je cherchois, sur la terre, un endroit écarté
Où d'être homme d'honneur on eût la liberté.[26]
Je ne le trouve point. Hé! quel endroit sauvage,   135
Que le vice insolent ne parcoure et ravage?
Ainsi, de proche en proche, et de chaque cité
File, au loin, le poison de la perversité.
Dans la corruption le luxe prend racine;
Du luxe l'intérêt tire son origine;[27]   140
De l'intérêt provient la dureté du coeur.
Cet endurcissement étouffe tout honneur;
Il étouffe pitié, pudeur, loix et justice.
D'une apparence d'ordre et d'un devoir factice
Les crimes les plus grands grossièrement couverts,   145
Sont le code effronté de ce siècle pervers.
La vertu ridicule avec faste est vantée;
Tandis qu'une morale, en secret adoptée,
Morale désastreuse, est l'arme du puissant,
Et des fripons adroits pour frapper l'innocent.   150

---

26   Note dans la première édition: 'Ces deux vers sont de Molière, et les derniers que prononce Alceste
     dans le Misanthrope.'
27   Voir Rousseau, J.-J., *Discours sur les sciences et les arts, passim.*

PHILINTE.
Croyez qu'il est encor des âmes vertueuses,
Promptes à secourir les vertus malheureuses.
Il en est, cher Alceste, ainsi que des amis,
Prêts à s'intéresser à vous.

ALCESTE.
Est-il permis
Que parmi tant de gens, présens à ma mémoire,   155
Je n'en sache pas un que je voulusse croire
Assez franc et sincère, ici comme autre part,
Pour mériter de moi la faveur d'un regard!
Et que, dans le projet de quitter ma patrie,
Vous deux soyez les seuls que mon âme attendrie   160
Ne puisse abandonner parmi ceux que je vois,
Sans vous revoir au moins pour la dernière fois.

ELIANTE.
J'espère un meilleur sort. Vous changerez d'idée.
L'espérance, en mon coeur, en est juste et fondée.
Vous ne nous quittez pas?

ALCESTE.
Je ne vous quitte pas!   165
Je porterai si loin ma franchise et mes pas,
Qu'enfin je trouverai pour eux un sûr asyle.
Morbleu! grace au destin qui de ces lieux m'exile,
Je veux voir une fois si ce vaste univers
Renferme un petit coin à l'abri des pervers: 170
Ou si j'aurai la preuve effrayante et certaine
Que rien n'est si méchant que la nature humaine.

PHILINTE, *ricanant.*[28]
Allons... appaisez-vous. Vous n'êtes pas changé;
Et si je puis, ici, former un préjugé
Sur un dessein si prompt et sur votre colère,   175

---

28   Le manuscrit reprend à partir de cette réplique.

Nous pourrons aisément arranger votre affaire.
On la diroit terrible, à voir votre courroux;
Mais je m'en vais gager, cher Alceste, entre nous,
Que ce nouveau désastre est au fond peu de chose.

ALCESTE.

C'est un amas d'horreurs; dans l'effet, dans la cause,   180
Et vous déjà, Monsieur, qui me désespérez,
Qui jugez de sang-froid ce que vous ignorez,
Voyez s'il fut jamais une action plus noire,[29]
Que le trait... attendez; avant que cette histoire,[30]
Qui sera pour notre âge un eternel affront,   185
Vous fasse, ici, dresser les cheveux sur le front,
Attendez qu'à Dubois je donne en diligence
Un ordre assez pressant et de grande importance.
Dubois!

SCENE V

ELIANTE, DUBOIS, ALCESTE, PHILINTE.

DUBOIS.
Monsieur.

ALCESTE.
Va-t-en chercher un Avocat,
Pour tenir mes papiers et mes biens en état.   190
Je ne veux plus du mien. Cours.[31]

DUBOIS.
Monsieur!..

ALCESTE.
Va, te dis-je.

---

29   Var. ms.: 'Voyez s'il fut jamais une malice noire'.
30   Var. ms.: 'Comme celle, attendez, avant que cette histoire'.
31   Var. ms.: 'Qu'il vienne sur le champs, cours.'.

DUBOIS.

Où donc?

ALCESTE.

Où je te dis.

DUBOIS.

Je ne sais...

ALCESTE.
Quel vertige!

N'entens[32]-tu pas?

DUBOIS.

J'entens.

ALCESTE.

Vas donc.

DUBOIS.
En quel endroit?

ALCESTE.

Où tu voudras.

DUBOIS.
Monsieur; mais encor...

ALCESTE.
Maladroit,
Je te dis de m'aller chercher, et tout-à-l'heure,   195
Un Avocat.

DUBOIS.

Fort bien...

---

32   *Sic.*

ALCESTE.

Pars donc.

DUBOIS.

Mais sa demeure.

ALCESTE.

Sa demeure est le lieu que choisiront tes pas.
Prends le premier venu. Cours; ne t'informe pas
Ce qu'il est, ce qu'il fait, ni comment il se nomme,[33]
Vas: du hasard lui seul j'attends un honnête homme.   200

DUBOIS.

Allons.
(*Il sort.*)

SCENE VI

ELIANTE, ALCESTE, PHILINTE.

PHILINTE, *ricanant.*

Y pensez-vous? Peut-on de bonne foi,
Charger un inconnu, mon cher, d'un tel emploi?
Et pour trouver un homme exact, plein de droiture...

ALCESTE.

Vraiment, je risque fort d'aller à l'aventure.

PHILINTE.

Mais...

ALCESTE.

Comme si tous ceux que je pourrois choisir   205
Ne se prétendroient pas formés à mon désir?
Et que le plus fripon ne soit, par son adresse,

---

33   Var. ms.: 'Quel il est, ce qu'il fait, ni comment il se nomme,'.

Réputé le héros de la délicatesse?[34]
35

PHILINTE.

Mais il faudroit encor, pour livrer votre bien,[36]
De votre préposé connaître d'abord...   210

ALCESTE.
                                    Rien.
Je veux un honnête homme, il est bien vrai, Philinte:
Mais je ne l'attends pas, à vous parler sans feinte,
Même en sortant ici de l'usage commun;
Et c'est un coup de ciel, s'il peut m'en tomber un.

PHILINTE.

Cependant...   215

ALCESTE.

Vos discours sont perdus, je vous jure.
Voulez-vous écouter ma fâcheuse aventure?[37]

PHILINTE.

Voyons donc.

ALCESTE.

Quand l'hymen vous unit tous les deux,
J'allai m'ensevelir dans un désert affreux.
Affreux? pour le méchant; pour la vertu, superbe![38]

---

34   Var. ms.: 'Réputé le phoenix de la délicatesse?'.
     Remarquons que l'Avocat se nommera Maître Phoenix (voir ci-dessous).
35   Vers supp. ms.: 'Je veux prendre au hasard c'est le meilleur parti
     Et l'ordre est à tel point tout bas interverti
     Qu'il ne faut pas douter qu'au fond de sa retraite
     L'homme de bien caché ne soupire et regrette
     Qui choisit ses [?appuis] [?dans] les fameux du tems
     Risque fort de tomber parmi des Charletans
     Dont le masque effronté [?bridant] votre sottise
     En se riant de vous vous dupe et vous maitrise'.
36   Var. ms.: 'Mais encor faudrait-il pour livrer votre bien,'.
37   Var. ms.: 'Voulez-vous écouter ma honteuse aventure?'.
38   Var. ms.: 'Affreux? pour les méchans; pour la vertu, superbe!'.

L'homme avait, en ces lieux, pour trésors[39] une gerbe;   220
Pour faste, la santé; le travail, pour plaisirs,
Et la paix de ses jours pour uniques désirs.
Grace au Ciel! dans ce lieu sauvage et solitaire,[40]
Parmi de bons vassaux je trouvais ma chimère;[41]
Douce pitié, candeur, raison, franche gaîté,   225
L'ignorance des maux, et l'antique bonté.
Mais qu'elle dura peu, cette charmante vie!
En un jour, la discorde et le luxe et l'envie,
Les désirs corrupteurs et l'avide intérêt,
Et les besoins parés de leur perfide attrait,   230
Avec un parvenu, turbulent personnage,
Vinrent, en s'y logeant, troubler mon voisinage.
Vous vous doutez fort bien, à cette invasion,[42]
Des rapides progrès de la contagion?
Le bonheur déserta... Je tais les brigandages   235
Qui vinrent assaillir nos paisibles ménages.
Je veux, dans le principe, effrayé de ces maux,
Maintenir, à la fois la paix et mes vassaux.
Mais enfin, à l'appui d'un renom de puissance,
L'iniquité parut avec tant d'impudence,[43]   240
Que j'oppose, en courroux, au front de l'oppresseur,
Le front terrible et fier d'un juste défenseur.
Le champ d'un villageois, son patrimoine unique,
Convient au parvenu, qui, de ce bien modique,
Veut agrandir un parc, je ne sais quel jardin,   245
Qui fatigue la terre et mon village. Enfin,
Il veut avoir ce champ; on ne veut pas le vendre,
Et voilà cent détours inventés pour le prendre.
Titres insidieux, procès rusés, incidens,

---

39   Dans le compte-rendu de la pièce qui paraît dans *L'Esprit des journaux*/*Le Journal encyclopédique*, ainsi que dans la plupart des éditions posthumes, 'trésor' paraît au singulier. Le compte-rendu qui paraît dans ces deux journaux contient d'ailleurs d'autres erreurs dans les citations de la première édition.
40   Var. ms.: 'Grace au ciel à la fois et bon maître et bon père,'.
41   Var. ms.: 'Dans ce sauvage lieu je trouvais ma chimère;'.
42   Var. ms. (le manuscrit donne deux versions de ce vers):
     'On n'imagine pas, à cette invasion'
     'Vous vous figurez bien? à cette invasion'.
43   Var. ms.: 'L'iniquité paraît avec tant d'impudence,'.

Créanciers suscités, persécuteurs ardens,   250
Bruit, menaces, terreur et domestique guerre,
L'enfer est déchaîné pour un arpent de terre;[44]
Et moi, lâche témoin de ce crime inoui,
Je l'aurois enduré! Je me suis réjoui
De braver les fripons et d'en avoir vengeance;   255
Et faisant tête à tous, plaidant à toute outrance,
J'ai soutenu le foible; et le foible vainqueur
A conservé son bien. Alors, la rage au coeur,
Les traîtres ont tourné, contre moi, leurs machines,
Ils ont tant fait d'horreurs, tant fait jouer de mines,   260
Tant controuvé de faits, avec dextérité,
Que, je ne sais comment, je me vois décrété.
(*Il montre un porte-feuille.*)
J'ai cent preuves, ici de leur lâche conduite,
Et cependant il faut que je prenne la fuite.
La loi donne aux méchans son approbation;   265
Et l'exil est le prix d'une bonne action.

ELIANTE.
Oui, sans doute, elle est bonne, Alceste; je la loue.
Et des lois c'est en vain que le méchant se joue.
Ayant [avant?] peu, croyez-moi, vous aurez de l'appui.
Mon oncle de l'Etat est Ministre aujourd'hui,   270
Et son rang m'autorise à permettre, d'avance,
Que vos vils ennemis...

ALCESTE.
Qui, moi? je l'en dispense.
De vos soins généreux je suis reconnaissant:
Mais la seule vertu doit garder l'innocent;
Et j'aurois à rougir qu'une main protectrice   275
Redressât la balance aux mains de la Justice

PHILINTE.
Mais il peut arriver...

---

44   Var. ms.: 'L'enfer est déchaîné pour un quartier de terre;'.

ALCESTE.

Tout ce que l'on voudra:
Des Juges ou de moi, voyons qui rougira.

PHILINTE.

⁴⁵Enfin...

ALCESTE.

Et devant eux j'accuserois en face
Quiconque en ma faveur irait demander grace.   280
⁴⁶

PHILINTE.

C'est tenir un discours dépourvu de raison.
Et si, par un effet de quelque trahison,
Des calomniateurs d'une voix clandestine,
Ont suscité l'arrêt, comme je l'imagine,
Il faut bien s'employer, avant d'être arrêté,   285
A se laver du fait qui vous est imputé

---

45   Les vers 279 et 280 de cette édition ne figurent pas dans le manuscrit.
46   Vers supp. ms.: 'PHILINTE [les noms des interlocuteurs ne sont pas indiqués dans le manuscrit,
      mais le sens du passage confirme que c'est bien de Philinte et d'Alceste qu'il s'agit]
      Nous n'en obtiendrons rien et j'aurai beau lui dire
      Que quelque intégrité qui le guide ou [?l'inspire]
      Un juge n'est qu'un homme et qu'il peut s'abuser
      Que la fortune ici peut nous favoriser
      J'en peux avouer une preuve sans honte
      Que l'on ma décoré du beau titre de Comte

               ALCESTE
      Et que m'importe à moi. Soyez comte ou baron
      Duc ou prince, roi même, après un tel affront
      Fait à l'humanité, je ne veux point de grâce.
      Je ne sais que me tient que tout à l'heure en face
      Des juges assemblés et sur leur tribunal
      Je n'aille discuter de l'arrêt illégal
      Et reprocher à tous leur faiblesse tranquille
      A prêter au méchant une oreille facile'.
      A noter que Fabre avait donc prévu dans le manuscrit que Philinte informe Alceste de son nouveau
      titre. En fait, contrairement à notre attente et à l'exemple d'une pièce telle *L'Ecole des femmes* de
      Molière, la nouvelle identité de Philinte ne donne pas lieu à un quiproquo ironique dans l'intrigue
      du *Philinte*. Qu'Alceste sache la nouvelle identité de Philinte ou non, le résultat en est le même,
      puisque l'Avocat ne lui révèle jamais que c'est le Comte de Valancés qui est l'objet de la fraude.
      Voir également la note à la ligne 612.

La faveur est utile alors, et j'ose croire...

ALCESTE.

Et peut-on m'alleguer d'iniquité plus noire,
Que ce jeu ténébreux et ces perfides soins,
Par lesquels, à l'appui de quelques faux témoins,   290
De l'homme le plus juste, et sans qu'il le soupçonne,
On peut, à tout moment, arrêter la personne?
A la perversité dès-lors tout est permis,
Et tout homme est coupable, ayant des ennemis.
Ah c'est trop écouter ces avis politiques.   295
La vérité répugne à ces lâches pratiques.[47]
En ceci je n'ai fait que le bien. Oui, morbleu!
Je fais tête à l'orage; et nous verrons un peu,
Si l'on refusera de me faire justice;
Justice? C'est trop peu. Je veux qu'on m'applaudisse.   300
Non, que ma vanité s'abaisse à recevoir
De l'encens pour un trait qui ne fût qu'un devoir;[48]
Mais enfin, dans un siècle égoiste et barbare,
Où le crime est d'usage et la vertu si rare,
Je prétends qu'un arrêt, en termes solemnels,   305
Cite mon innocence en exemple aux mortels.[49]

PHILINTE, riant.

La méthode, en effet, seroit toute nouvelle.

ALCESTE.

En serait-elle donc et moins juste et moins belle?

PHILINTE.

Mais comment voulez-vous, obligé de partir?...

ALCESTE.

Mon bien reste; et plutôt que de me démentir,   310
J'en emploîrai la rente et le fond, je vous jure,

---

47   Var. ms.: [Dans le manuscrit le mot 'lâches' ne figure pas, mais celui qui le remplace est illisible].
48   Le sens de ces deux vers (301 et 302) n'est pas très clair. Dans le manuscrit 'fut' est à l'indicatif.
49   Discours à comparer avec les commentaires d'Alceste sur la justice dans *Le Misanthrope*.

A sauver à l'honneur une mortelle injure.
J'attends un avocat, et je vais l'en charger.
Et vous, en ce moment, qui voulez m'obliger,
Par la protection d'un oncle que j'honore,   315
Que je connois beaucoup, j'ajoute même encore
Digne du noble poste ou j'apprends qu'on l'a mis;
Gardez-vous, je vous prie, au moins, mes chers amis,
De souiller, par vos soins, la beauté de ma cause;
S'il faut d'un tel crédit que votre main dispose,   320
Que ce soit par clémence, ou pour aider des droits,
Que ne peut protéger la faiblesse des lois.

SCENE VII

ELIANTE, ALCESTE, DUBOIS, PHILINTE.

ALCESTE.
Te voilà? tu viens seul?

DUBOIS.
Ah! Monsieur, quel message!

ALCESTE.
Quoi donc?

DUBOIS.
Si vous saviez...

ALCESTE.
Parle sans verbiage.

DUBOIS.
Je n'aurais jamais cru, puisqu'il faut achever,   325
Monsieur, un Avocat si pénible à trouver.

ALCESTE.
En vient-il un enfin?

DUBOIS.
Donnez-vous patience.

ALCESTE.
Morbleu!..[50]

DUBOIS.
Je viens, Monsieur...

ALCESTE.
Et d'où?

DUBOIS.
De l'audience.

ALCESTE.
Hé bien?

DUBOIS.
Vous m'avoûerez qu'en un semblable cas,
C'étoit un bon moyen d'avoir des avocats?   330

ELIANTE.
Finis, bavard.

DUBOIS.
J'arrive en une grande salle.
J'entre modestement, et sans bruit, sans scandale,
Parmi vingt pelotons d'hommes noirs, doucement
J'adresse à l'un d'entre eux mon petit compliment.
Il avait un grand air, une attitude à peindre.[51]   335
Il m'a bien écouté je ne peux pas me plaindre.

ALCESTE.
Abrège, impertinent.

---

50   Var. ms.: 'Bourreau!..'.
51   Var. ms.: 'Il avait un grand air à vous parler sans feindre.'

DUBOIS.
Là, sans faire le sot,
Ce que vous m'avez dit, je l'ai dit mot à mot.[52]
Que croiriez-vous, Monsieur?..[53]

ALCESTE.
Parle.

DUBOIS.
Il s'est mis à rire.
Non, vraiment, comme j'ai l'honneur de vous le dire,　　340
A tous ses compagnons d'un et d'autre côté,[54]
Il m'a conduit lui même avec civilité;
Et, dans moins d'un instant, autour de moi, sans peine,
Au lieu d'un Avocat j'en avois la centaine.
A trente questions j'ai fort bien répondu,　　345
Et de rire toujours. Du reste, temps perdu;
Nul n'a voulu venir.

ALCESTE.
Comment, Maraud!..

DUBOIS.
De grace,
Attendez un moment. Alors, d'une voix basse,
L'un des rieurs m'a dit: 'Mon ami, voyez-vous
'Cet homme seul, là bas, qui lit? C'est, entre-nous,　　350
'L'homme qui vous convient. Abordez-le.' J'y vole:[55]
C'est un homme assez mal vêtu; mais la parole
Il la possède bien, si je peux en juger.[56]
Bref, nous sommes d'accord; et pour vous obliger,
Il va venir ici; j'ai dit votre demeure;　　355
Et vous allez le voir, Monsieur, dans un quart d'heure.

52　Var. ms.: 'Ce que vous m'aviez dit, je l'ai dit mot à mot.'
53　Var. ms.: 'Que croyez-vous, Monsieur?...'.
54　Dans le manuscrit ce vers et celui qui le suit sont inversés.
55　Var. ms.: 'Ce monsieur qui vous convient. Abordez-le.' J'y vole:'. La rectification doit viser le nombre de syllabes.
56　Var. ms.: 'Il la possède bien, si je puis en juger.'

SCENE VIII

ELIANTE, ALCESTE, PHILINTE.

PHILINTE.

Je vois, à son discours bien circonstancié,
Qu'un homme de rebut va vous être envoyé.

ALCESTE.

Qu'importe?

PHILINTE.

Un ignorant, et quelque pauvre hère...

ALCESTE.

Que mon opinion de la vôtre diffère!   360
Car il me plaît déjà.

PHILINTE, *riant.*

Je n'en suis pas surpris.

ALCESTE.

Hé! mon Dieu, laissez donc vos sarcasmes, vos ris.
Rentrons. Je suis à vous, Madame, à l'instant même.
(*Eliante sort.*)
Et vous, Monsieur, malgré la répugnance extrême,[57]
Que pour un homme pauvre, ici, vous faites voir,   365
Sachez que, dans un temps si funeste au devoir,
Où rien n'enrichit mieux que le crime et le vice,
La pauvreté souvent est un heureux indice.[58]

(*Fin du premier Acte.*)

---

57   Var. ms.: 'Et vous, Monsieur, malgré la deffience [sic] extrême,'.
58   Ce vers, présent dans le manuscrit de 1788, était pourtant tout fait pour plaire aux spectateurs de 1790.

ACTE II

SCENE PREMIERE

DUBOIS, L'AVOCAT.

DUBOIS.

Mon maître est sur mes pas: bientôt vous l'allez voir.
Mais, Monsieur l'Avocat, voulez-vous vous asseoir?   370

L'AVOCAT.

Non, car je suis pressé. Retournez, je vous prie,
Comme, dans ce moment, le temps me contrarie;
Dites à votre maître, en grace, de hâter
L'entretien qu'il demande.

DUBOIS.
Oui, je vais l'exciter
A venir...   375
(*Il va et revient*)
Voyez-vous; certain tracas l'assomme...
Mais vous serez content; car c'est un honnête homme.
(*Il sort*)

SCENE II

L'AVOCAT, *seul.*
Je ne peux retarder un si pressant secours.
Dans deux heures d'ici, j'ai rendez-vous; j'y cours;

Et si l'on me procure une prompte audience,[59]
Mon fripon n'aura pas tout le succès qu'il pense.   380
Rien n'est tel qu'un fripon, pour déméler d'abord
Le front d'un honnête homme. et quelque grand effort
Que j'aie, à son aspect, pu faire sur moi-même,
Le fourbe a démêlé ma répugnance extrême.
Sa lettre me le prouve. Il est aisé de voir,   385
Que, si je ne me hâte, il trompe mon espoir.
Jusques au moindre mot, si je l'ai bien comprise,
Tout y montre son but... Mais que je la relise
(*Il lit la lettre d'une manière lente, bien articulée,*
et réfléchie.)
'Après tout ce que je vous ai dit hier, Monsieur
l'Avocat, je ne vois pas pourquoi vous n'avez pas déjà
fait choix d'un Procureur qui comprenne et hâte comme
il faut notre affaire. J'arriverai demain au soir
(aujourd'hui) de Versailles à Paris. Si, dans la
journée, vous n'avez pourvu à cela, pour contraindre,
sans retard, le Comte de Valancés au payement de son
billet, et d'une manière convenable à bien lier ce
Comte de Valancés, il faudra chercher d'autres moyens.
Je suis votre serviteur. ROBERT.'[60]
(*Il ploye la lettre et la serre.*)
Ah! fourbe dangereux! Robert, Monsieur Robert,[61]
Dans les crimes adroits vous êtes un Expert.   390
Mais je vous préviendrai, pour peu qu'on me seconde.
On vient... Cà, pour remplir l'espoir où je me fonde,
Dépêchons...

---

59   Var. ms.: 'Et si l'on me procure une étroite audience,'.
60   Var. ms.: 'Après tout ce que je vous ai dit, Monsieur l'Avocat, je ne vois pas pourquoi vous n'avez
      pas déjà fait choix d'un Procureur qui comprenne et hâte comme il faut notre affaire. Si, dans ce
      jour vous n'avez pourvu à cela, pour contraindre, sans retard, le Comte de Valancés au payement
      de son billet, et d'une manière efficace à bien lier ce Comte de Valancés, il faudra chercher
      d'autres moyens. Je suis votre serviteur. ROBERT.'.
61   Var. ms.: 'Ah! fourbe dangereux! Monsieur, Monsieur Robert,'.

SCENE III

DUBOIS, ALCESTE, L'AVOCAT.

ALCESTE.

Hé! Dubois!.. sors; et fais qu'un moment
On me laisse tranquille en cet appartement.
(*Dubois sort.*)

SCENE IV

ALCESTE, L'AVOCAT.

ALCESTE.

Aux périls du hasard, Monsieur, sans vous connaître,   395
Je vous fais appeller, et j'ai bien fait peut-être;
Car si tout votre aspect est un parfait miroir,
Vous êtes honnête homme, autant que je puis voir.

L'AVOCAT.

Monsieur...

ALCESTE.

Ne croyez pas qu'ici je m'en informe,
De telles questions sont toujours pour la forme;   400
Et c'est dans le travail que je vais vous livrer,
Que je verrai, de vous, ce qu'il faut augurer.

L'AVOCAT.

N'attendez pas non plus, Monsieur, que je m'épuise
A vous persuader sur ma grande franchise.
Dès le premier abord, deux hommes ont le droit   405
De se juger entre eux sur ce que chacun croit,
C'est l'usage au surplus. Je sais ce que je pense;[62]
Et je n'arrache pas, Monsieur, la confiance.

---

62   Var. ms.: 'Je sais ce que je dois, je fais ce que je pense;'.

ALCESTE.
Vous me plaisez ainsi. Venons au fait. Exprès...

L'AVOCAT.
Avant de me mêler, Monsieur, à vos secrets,   410
Apprenez-moi s'il faut, sans délai, ni remise,
Dans quelque objet pressant prêter mon entremise?

ALCESTE.
Dans ce jour, tout-à-l'heure, à l'instant.

L'AVOCAT.
Je ne puis
M'en charger.

ALCESTE.
Savez-vous en quel état je suis,
Monsieur? et pouvez-vous, dans une telle affaire,   415
Sans trahir les devoirs de votre ministère,
Me refuser les soins que j'implore de vous?
C'est une iniquité.

L'AVOCAT.
Calmez votre courroux;
A de nouveaux devoirs chaque fois qu'on m'appelle,
J'y vole avec plaisir, je puis dire avec zèle;   420
Et c'est pour le prouver que je me trouve ici.
Tous ceux que j'entreprends, je les remplis. Aussi
Quand l'esprit d'une affaire, ou mon tems m'en éloignent,
Il n'est point de motif ni de lois qui m'enjoignent[63]
De me charger, sans choix, de soins embarrassans,   425
Pour négliger alors les plus intéressans.

ALCESTE.
L'affaire qui me touche est pressée, importante;
Arrivé cette nuit, je pars demain. L'attente

---

63   Var. ms.: 'Il n'est point de motif ni de loi qui m'enjoignent'.

Peut être dangereuse.

L'AVOCAT.
Une même raison,
Dans deux heures au plus m'appelle en ma maison.[64]   430

ALCESTE.
Ah! Monsieur, est-ce donc la chaleur noble et forte
Qui devroit animer les gens de votre sorte?

L'AVOCAT.
Mais, Monsieur...

ALCESTE.
On devrait, par une expresse loi,
Défendre à l'Avocat de disposer de soi.

L'AVOCAT.
Je suis flatté, vraiment, de cette préférence[65]   435
Qui vous fait...

ALCESTE.
Vous avez gagné ma confiance,
Et c'est en abuser.

L'AVOCAT.
De grace, différons...

ALCESTE.
Mais vous prendrez ma cause, ou parbleu! nous verrons.[66]

L'AVOCAT.
Monsieur, daignez m'entendre; et loin que ces murmures[67]

---

64   Var. ms.: 'Dans deux heures au plus m'appelle à ma maison.'
65   Var. ms.: 'Je suis flatté, Monsieur, de cette préférence'.
66   Var. ms.: 'Ah! vous prendrez ma cause, ou parbleu! nous verrons.' ('Mais!' est rayé dans le manuscrit).
67   Var. ms.: 'Monsieur, daignez m'entendre; et loin que vos murmures'

Puissent, dans mon esprit passer pour des injures,   440
Loin de m'en offenser, peut-être ce courroux
Détermine, à l'instant, mon estime pour vous.
Et, s'il faut en donner une preuve certaine,
Apprenez seulement le motif qui m'enchaîne,
Et qui, pour quelques jours, du moins pour aujourd'hui,   445
M'empêche, à vos désirs, de prêter mon appui.
(*Avec chaleur*)
Vous allez décider du zèle qui me pousse,
Et si c'est justement que Monsieur se courrouce,
Quand je refuse un tems que je viens d'engager,
Pour parer, sans retard, au plus pressant danger.   450

ALCESTE.
Voyons, Monsieur... ce ton me frappe et m'intéresse.

L'AVOCAT.
Je tais dans mon récit, et par délicatesse,
Les noms des deux acteurs d'un obscur démêlé,
Où l'un est le voleur et l'autre le volé;
Car j'ignore après tout quelle en sera la suite.   455
Un homme, à moi connu par sa lâche conduite,
Sans probité, ni moeurs, un homme qu'autrefois
Je sauvai par pitié de la rigueur des lois,
Qui n'eut jamais de bien, ni de ressource honnête,
Avant-hier vient à moi, me dit en tête à tête[68]   460
Qu'une somme montant à deux cent mille écus,
Portée en un billet, en termes bien conçus,
Est dûe à lui parlant. La signature est vraie,
J'en suis sûr, et voilà, Monsieur, ce qui m'effraie;
La dette ne l'est pas: je vais vous le prouver.   465

ALCESTE.
O grand Dieu!..[69]

_____

68   Var. ms.: 'Avant-hier vient à moi, me confie en cachette'.
69   Cette réplique ne figure pas dans le manuscrit.

L'AVOCAT.
Cependant, je ne sais où trouver[70]
L'homme trop confiant qui signa ce faux titre,
Que je tiens en mes mains, sans en être l'arbitre.

ALCESTE.
Mais vous savez le nom de ce Monsieur?

L'AVOCAT.
D'accord.
J'ai demandé, cherché, couru par-tout d'abord;   470
On ne sait quel il est; deux jours n'ont pu suffire,
Et le fripon adroit refuse de m'instruire,
Jusqu'à ce qu'un éclat, finement ménagé,
Me tienne en un procès à sa cause engagé.

ALCESTE.
C'est un grand malheureux.   475

L'AVOCAT.
Il se repent, sans doute,
De m'en avoir trop dit, et veut changer de route.

ALCESTE.
Le traitre![71]

L'AVOCAT.
Ecoutez-moi, Monsieur; vous allez voir[72]
La parfaite évidence en un crime si noir.[73]
Je dis crime à la lettre, et je n'en veux de preuve
Qu'un seul trait du fripon pour me mettre à l'épreuve.   480
Car, me voyant enfin quelque peu soupçonneux,[74]
Après certains détails, et... même des aveux,

---

70   Var. ms.: 'Et cependant, Monsieur, je ne sais ou trouver'
71   Var. ms.: 'Il faut le faire pendre'
72   Var. ms.: 'Enfin vous allez voir'.
73   Var. ms.: 'Quelle [sic] est l'homme trompé par un crime si noir.'
74   Var. ms.: 'Car me voyant d'abord quelque peu soupçonneux' ('Car enfin' est rayé dans le
      manuscrit).

Pour se faire appuyer à poursuivre son homme,
Il m'ose offrir un tiers pour ma part dans la somme...
J'ai caché devant lui mon indignation,   485
Et gardé le silence en cette occasion,
Pour sauver, s'il se peut, d'une ruine sûre
Un homme qui, sans doute, à cette fraude obscure
Ne s'attend nullement, non plus qu'à son malheur,
Et croit n'avoir signé qu'un titre sans valeur,   490
Quelque simple mandat ou bien quelque quittance.

ALCESTE.
Vous me faites frémir. En cette circonstance,
Que ne dénoncez-vous soudain au Magistrat
La manoeuvre et le coeur d'un pareil scélérat?

L'AVOCAT.
Eh! Monsieur, en ceci, ma certitude intime,   495
Suffit-elle à la loi pour attester le crime?
Cette loi le protège; et je crains aujourd'hui,
De le forcer lui-même à s'en faire un appui.
Contraint par le péril à plus d'effronterie,
Il soutiendrait l'éclat de cette fourberie;   500
Et de ce mauvais pas, en procès converti,
L'opprimé ne pourrait tirer aucun parti.

ALCESTE.
Que ferez-vous, Monsieur? Je vous vois fort en peine.

L'AVOCAT.
Il me reste à trouver la demeure certaine
De l'homme que ménace[75] un semblable billet.   505
Le fripon est rusé; ma lenteur lui déplaît;
J'ai peur que de ma main bientôt il ne retire
Son titre frauduleux... Je n'ai rien à lui dire;
A des gens moins au fait, moins délicats que moi,
Ce billet peut passer; et dans ce cas, je voi   510

---

75   *Sic.*

De fort grands embarras.

ALCESTE.
Quelle est votre ressource?
Ne puis-je vous aider de mes soins, de ma bourse?
Car sur votre récit je me sens en courroux,
Et je prends à l'affaire intérêt comme vous.

L'AVOCAT.
Monsieur... Un homme en place... un Ministre propice,   515
Qui, sans bruit, sans éclat, sans forme de justice,
Manderoit devant lui le faussaire impudent,
Pour éclaircir le fait d'un ton sage et prudent,
A prévenir le coup réussiroit peut-être.
Je n'hésiterais pas, en ce cas, à paroître.[76]   520
A mon aspect lui seul, le fourbe confondu,[77]
Tout rempli d'épouvante et se croyant perdu,
Si[78] trouverait sans voix, sans détours, sans défense,
Et l'aveu de son crime obtiendrait la clémence.

ALCESTE.
Fort-bien imaginé!.. Je peux vous y servir.   525

L'AVOCAT.
Inconnu, sans crédit, je ne peux réussir
Dans ce projet sensé, mais dangereux peut-être,
Si sans ménagement je me faisais connaître.[79]
On m'en promet ce soir un moyen positif.
J'ai rendez-vous bientôt pour ce pressant motif;   530
Et voilà les raisons qui m'empêchent de prendre
Tous les soins que, de moi, vous aviez droit d'attendre.

ALCESTE, *vivement.*
Ne parlons plus de moi; c'est pour un autre jour.

---

76   Var. ms.: 'Je n'hésiterois pas, en ce cas, d'y paraître.'.
77   Var. ms.: 'A mon aspect lui seul, le fripon confondu,'.
78   *Sic* dans le manuscrit et dans la première édition. Il s'agirait, de toute évidence, de 'S'y'.
79   Var. ms.: 'Si sans ménagement je faisais tout connaître'.

Nous nous verrons. Je songe à votre heureux détour,[80]
Pour confondre un méchant... J'ai, je crois, votre affaire.[81]   535

L'AVOCAT.

Vous, Monsieur?

ALCESTE.
Grand crédit auprès du Ministère.

L'AVOCAT.

Est-il possible? Vous!

ALCESTE.
Non pas moi: mes amis.

L'AVOCAT.

Quelle rencontre!

ALCESTE.
Allez où vous avez promis,
Et revenez, Monsieur, s'il se peut, dans une heure.
Je ne sortirai pas, et pour vous je demeure;   540
Ecrivez votre adresse, ici, pour achever;
Car les gens tels que vous sont rares à trouver.
Dubois!

SCENE V

ALCESTE, L'AVOCAT, DUBOIS.

ALCESTE, *a Dubois qui entre.*
Servez Monsieur.
(*A l'Avocat.*)
                    Je vole à l'instant même.

---

80   Var. ms.: 'Nous nous verrons. Je pense à votre heureux détour,'.
81   Var. ms.: 'Pour confondre un fripon... J'ai, je crois, votre affaire.'.

Vous chercher un appui dans votre stratagème;
Que vous me combliez d'aise en vos soins obligeans!   545
Ah! grâce au Ciel! il est encore d'honnêtes gens!
(*Il sort*)

SCENE VI

DUBOIS, L'AVOCAT.

DUBOIS.

Que faut-il à Monsieur?[82]

L'AVOCAT.
Papier, plume, écritoire.

DUBOIS.

Je comprends. Vous allez barbouiller du grimoire;
Et nous n'en sommes pas quittes de ce coup-ci.
Nous en avons reçu notre saoul, Dieu merci!   550
Je comptais, chaque jour, sur un paquet énorme...[83]
Et toujours on disoit: 'Monsieur, c'est pour la forme.'

L'AVOCAT.
Hâtez-vous, je vous prie.

DUBOIS.
                          Ah! pardon.
(*Il va et revient.*)
                                    Croyez fort
Que je ne pense pas que vous ayez grand tort.
Lorsque les chicaneurs, que Dieu puisse confondre![84]   555
Vous attaquent; vraiment, il faut bien leur répondre;
Rendre guerre pour guerre et papier pour papier.
A qui la faute? à vous? non pas; c'est au métier.

---

82   Var. ms.: 'Que vous faut-il Monsieur?'.
83   Var. ms.: 'Nous comptions, chaque jour, sur un paquet énorme...'.
84   Var. ms.: 'Et quand les chicaneurs, que Dieu puisse confondre!'.

L'AVOCAT.
Vous m'arrêtez ici, mon ami; donnez vite.

DUBOIS.
Du papier? Vous allez en avoir tout de suite.   560
(*Il va chercher du papier*)

L'AVOCAT, *à lui-même.*
A ce nouvel appui me serais-je attendu?
Que je me sais bon gré de m'être ici rendu!
Cet homme m'a fait voir une âme non commune.

DUBOIS, *revenant.*
Pardon, encore un coup, si je vous importune;
Je ne puis vous servir, Monsieur, à votre gré;[85]   565
Vous écrivez toujours sur du papier timbré,[86]
Et nous n'en avons pas.

L'AVOCAT.
Eh! non: en diligence
Donnez m'en quelqu'il soit.

DUBOIS, *s'en allant.*
C'est une différence.

L'AVOCAT.
A cet air de candeur, je vois de ce côté,[87]
Pour aller à mon but, plus de célérité.   570
Quel zèle véhément!...

DUBOIS, *apportant ce qu'il faut pour écrire.*
Voici sur cette table,
Ce qu'il vous faut, Monsieur
(*L'Avocat écrit, et Dubois un peu éloigné continue:*)
Quel procès détestable!

---

85   Var. ms.: 'Je ne puis vous servir, sans doute, à votre gré;'
86   Var. ms.: 'Vous écrivez, Monsieur, sur du papier timbré'.
87   Var. ms.: 'A son air de candeur, je vois de ce côté,'.

Nous suivra-t-il partout?.. jugez donc! de courir
Trente postes, au moins, sans pouvoir en sortir.[88]
J'aimerais mieux, je crois, faire une maladie: 575
On guérit, ou l'on meurt.

L'AVOCAT, *de sa table.*
Dites-moi, je vous prie,

Le nom de votre maître?

DUBOIS.
Oui-dà... je ne sais point[89]

Tous ses titres.

L'AVOCAT.
Son nom? C'est assez de ce point.

DUBOIS.

Monsieur Jérome Alceste.[90]
(*L'Avocat écrit.*)

L'AVOCAT.
Il suffit

(*Il se lève.*)

Sans remise,

Vous rendrez à Monsieur mon adresse précise.[91] 580

DUBOIS.

Il l'aura dans l'instant.
(*L'Avocat sort.*)

---

88 Var. ms.: 'Trente postes, au moins, sans en pouvoir sortir.'
89 La première rédaction de cette réplique: 'Oui-dà, très volontiers', fut rayée par la suite non pas à cause du sens, qui, bien qu'il soit assez différent, en fait n'importe guère, mais peut-être parce que Fabre ne trouvait pas de rime. De toute façon la rime qu'il a trouvée par la suite n'est guère inspirée!
90 Var. ms.: 'Monsieur le comte Alceste.'. Rectification significative dans le contexte de la Révolution?
91 Var. ms.: 'Remettez à Monsieur cette adresse précise.'.

SCENE VII

DUBOIS, *seul.*[92]
Il faut la lui porter.[93]

SCENE VIII

DUBOIS, ALCESTE, PHILINTE.

PHILINTE, *en entrant à Alceste.*
Vous prenez donc plaisir à m'impatienter?

                    DUBOIS, *à Alceste.*
Monsieur?

                              ALCESTE.
        Que me veux tu?

                    DUBOIS, *donnant l'adresse.*
                    Voila...

                    ALCESTE, *la prenant.*
                    Sors et me laisse.
(*Dubois sort*)

---

92   Vers supp. ms.: 'Il en écrit bien court
      [?] Louis Phoenix, avôcat en la cour
      Rüe antique, tout près le quartier des bons hommes
      Oh Diable c'est fort loin du quartier ou nous sommes.'.
      Ces vers nous indiquent le nom de l'avocat, circonstance que Fabre a dû oublier lorsqu'il les a
      supprimés, car il y a une référence à un Monsieur Phoenix plus tard, (l. 990) sans que le spectateur
      soit censé savoir de qui il s'agit. Par la suite, (ll. 993 et 1016) son nom est qualifié du titre 'maître'
      (cf Var. ms. l. 208 pour une autre apparition du mot 'phoenix'). A noter, l'adresse de l'avocat, près
      du quartier 'des bons hommes' - indication subtile des mérites de cet honnête avocat?
93   Var. ms.: 'Cela presse peut-être il le faut apporter.'.
      (Les vers supplémentaires qui paraissent dans le manuscrit nécessitaient un alexandrin à cet
      endroit).

SCENE IX

ALCESTE, PHILINTE.

ALCESTE.

Vous vous en chargerez, j'en ai fait la promesse.

PHILINTE.

J'en suis fâché pour vous: mais je promets bien, moi,   585
De ne pas m'en mêler. Alceste, en bonne foi,
N'est-il donc pas étrange et même ridicule,
Jusques à cet excès de pousser le scrupule?
Et que vous regardiez comme un devoir formel,
Ce zèle impatient et plus que fraternel,   590
Qui vous fait, sans réserve, avec tant d'imprudence
Offrir à tout venant votre prompte assistance?
Sur ce pied, vous aurez de l'occupation:
Et vous en trouverez souvent l'occasion.

ALCESTE.

Pas tant que je voudrais; et, quelque bien qu'on fasse,   595
C'est peu, si d'un bienfait on ne choisit la place;
Mais quand l'homme d'honneur vient pour vous implorer,
Lui refuser la main, c'est se déshonorer.
Et c'est ici sur-tout, dans cette affaire même,
Que vous allez aider la probité suprême.   600
Mon Avocat m'enflamme! Et, bien que de mon coeur
Je fasse un jugement digne en tout de l'honneur,[94]
Fort au-dessus de moi je tiens cet honnête homme,
D'autant plus élevé que moins on le renomme.
Et quel êtes-vous donc, si ce que j'en ai dit,   605
Si l'horreur[95] du forfait dont j'ai fait le récit,
Si le péril touchant de l'homme qu'on friponne,
Toute étrangère enfin que nous soit sa personne,

---

94   Var. ms.: 'Je forme un jugement digne en tout de l'honneur,'.
95   Nous ne tenons pas à comparer la première édition avec les édition posthumes de cette pièce que
      nous n'avons pas dépouillées de façon exhaustive. Toutefois nous avons remarqué que dans
      l'édition de 1808, 'horreur' s'est trouvée transformée en 'honneur'!

Ne vous émeuvent point, vous laissent endurci,[96]
Jusques'à refuser le peu qu'il faut ici?   610
Car de quoi s'agit-il, Philinte, au bout du compte?
Qu'un oncle qui vous aime et qui vous a fait Comte,[97]
Un oncle, homme de bien, qui, j'en suis assuré,
D'une bonne action, pour lui, vous saura gré,
Que cet oncle, en un mot, fasse, à votre prière   615
Un acte généreux, facile et nécessaire?
Ah! lorsque je compare à votre grand pouvoir
Cette facilité, le fruit d'un tel devoir,
Je ne saurais, morbleu! me mettre dans la tête,
Que vous puissiez avoir la moindre excuse honnête.[98]   620
Refusez, Je vous compte avec ces inhumains,
Qui d'un bienfait jamais n'ont honoré leurs mains,[99]
Et qui, sur cette terre, en leur lâche indolence,
La fatiguent du poids de leur froide existence.

PHILINTE.
De ce feu véhément, unique en ses excès.   625
N'attendez, n'espérez, Alceste, aucun succès.
Le devoir...

ALCESTE.
            Un refus?

PHILINTE.
            Clair et net, je vous jure.

ALCESTE.
Adieu: votre amitié me serait une injure.[100]

---

96   Var. ms.: 'Ne vous émeuvent pas, vous laissent endurci,'.
97   Voir les vers supplémentaires signalés à la suite de la ligne 280; comme ces vers ont été supprimés
        dans la première édition, personne n'a encore parlé à Alceste, sur scène du moins, de l'élévation de
        Philinte.
98   Var. ms.: 'Que vous ayez ici la moindre excuse honnête.'.
99   Var. ms.: 'Qui jamais d'un bienfait n'ont honoré leurs mains,'.
100   Renonciation à comparer avec Le Misanthrope l. 8, et la fin du Philinte.

PHILINTE.

Ecoutez, s'il vous plaît...

ALCESTE.

Hé! que me direz-vous,[101]

Pour excuser l'horreur?.. 630

PHILINTE.

Oh! s'il faut du courroux,
Et sortir hors des gonds, à son tour, pour répondre;
On aura de l'humeur et de quoi vous confondre.
J'entends, je vois, je sens l'objet dont il s'agit,
Et par tous ses côtés, et dans tout son esprit.
Mais faut-il pour cela, suivant votre marotte, 635
Dans les événemens faire le Dom Quichotte?
Un homme est malheureux; aussi-tôt tout en pleurs,[102]
Jettez-vous comme un sot à travers ses malheurs,
Et, pour prix de vos soins et de votre entremise,
Vous aurez votre part du fruit de sa sottise. 640
Oui, sottise; souvent: oui, Monsieur; et du moins,
Je vois qu'elle est ici claire dans tous les points.
L'homme imprudent pour qui votre coeur sollicite,
Dans son revers fâcheux n'a que ce qu'il mérite.
Un fripon trouve un sot; et, par un lâche abus, 645
Lui surprend un billet de deux cent mille écus;
Tant pis pour le perdant! il païra ses méprises:
Car on ne fit jamais de pareilles sottises.

ALCESTE.

Ne se trompe-t-on pas? et n'est on pas trompé?

PHILINTE.

Non, jamais à ce point. 650

ALCESTE.

Avez-vous echappé,

---

101 Var. ms.: 'Et que me direz-vous,'.
102 Var. ms.: 'Un homme est malheureux; à travers nos erreurs,'.

Vous, Monsieur, constamment, toujours, à l'imposture?[103]

PHILINTE.

Toujours. et si jamais, mon cher, je vous le jure,
On me surprend avec cette dextérité,
Je ne m'en plaindrai pas; je l'aurai mérité.

ALCESTE.

Mais cet homme est perdu, ruiné, sans ressource.   655

PHILINTE.

Hé bien! c'est un trésor qui changera de bourse.

ALCESTE.

Quelle horreur![104]

PHILINTE.

Mais pas tant que vous l'imaginez.[105]

ALCESTE.

Vous me faites frémir!

PHILINTE.

Ah! frémir... devinez,[106]
(Vous, Monsieur, qui savez la fin de toutes choses,)[107]
Ce qu'il peut résulter des plus injustes causes.[108]   660
Tout est bien.

ALCESTE.

Savez-vous que vous extravaguez?

---

103   Voir *Le Misanthrope* l. 167 et suite.
104   Var. ms.: 'Quel discours!'.
105   Var. ms.: 'Plus sensé que vous l'imaginez.'.
106   Var. ms.: 'Oh! frémir...devinez,'.
107   Les parenthèses manquent dans le manuscrit.
108   Var. ms.: 'Ce qu'il peut survenir des plus injustes causes.'.

PHILINTE.
Tout est bien. Et le fait qu'ici vous alléguez[109]
De cette vérité peut prouver l'évidence.
L'adresse avec succès a volé l'imprudence:
C'est un mal. Hé bien, soit. Que le vol soit remis;[110]   665
Le mal restera mal toujours; il est commis.
Que le fripon triomphe, il lui faut des complices,
Des agens, des supports: par mille sacrifices,
De mille parts du vol il sera dépouillé;
Le trésor coule et fuit; distribué, pillé,   670
Il se disperse: enfin, par un reflux utile,
La fortune d'un homme en enrichit deux mille.
Un sot a tout perdu, mais l'Etat n'y perd rien.
Ainsi j'ai donc raison de dire; Tout est bien.

ALCESTE.
O moeurs!   675

PHILINTE.
O clarté! moi, je prêche ici...

ALCESTE.
Des crimes.
Je ne veux pas répondre à ces lâches maximes.
Vous fûtes mon ami...

PHILINTE.
Quand on se voit pressé.

ALCESTE.
Je suis honteux pour vous.[111]

PHILINTE.
Dites embarrassé.

---

109   Var. ms.: 'Tout est bien. Et le fait qu'ici vous m'alléguez'.
110   Var. ms.: 'C'est un mal j'en conviens. Que le vol soit remis;'.
111   Var. ms.: 'J'en suis honteux pour vous.'.

ALCESTE.

Embarrassé! grand Dieu!.. Si sur votre paresse
Je ne jettais l'affront que vous fait votre adresse,   680
Si ces principes-là conduisaient votre coeur,
Je ne vous verrais plus qu'avec des yeux d'horreur.
Et voilà donc comment les heureux de la terre
Savent se dispenser aujourd'hui de bien faire!
Tout est bien, dites-vous? et vous n'établissez   685
Ce sysàme accablant, que vous embellissez
Des seuls effets du crime et des couleurs du vice,
Que pour vous dispenser de rendre un bon office[112]
A quelque infortuné, victime d'un pervers.
Allez! pour vous punir d'un si cruel travers,[113]   690
Je ne voudrais vous voir qu'un instant en présence
De cet infortuné réclamant la vengeance
Et du Ciel et des loix, au moment douloureux
Qu'il se verra frappé de ce coup désastreux.
Ses cris, son désespoir, sa famille affligée,   695
Sa probité, peut-être à ses biens engagée,
Verriez-vous tout cela d'un oeil sec et cruel?

PHILINTE.

Je lui dirais:'Mon cher, votre état actuel,
Croyez-moi, chaque jour, est celui de mille autres.
Tel homme était sans biens et s'enrichit des vôtres.   700
Vous les aviez, pourquoi ne les aurait-il pas?
Rappellez la fortune et courez sur ses pas.[114]
Quand vous l'aurez, craignez qu'on ne vous la dérobe;
Vous n'êtes qu'un atôme et qu'un point sur le globe.
Voulez-vous qu'en entier il veille à votre bien?   705
Il s'arrange en total;' en total, tout est bien.[115]

---

112   Var. ms.: 'Qu'afin de refuser de rendre un bon office'.
113   Var. ms.: 'J'ai pitié sans mentir d'un si triste travers,'.
114   Var. ms.: 'Ratrapez [sic] la fortune et courez sur ses pas.'.
115   Var. ms.: 'Il s'arrange en total;' sachez que tout est bien.'.

ALCESTE.

Non, je ne croyais pas, je dois enfin le dire,[116]
Que la soif de mal faire allât jusqu'au délire.[117]
Je ne sais plus quel mot pourrait être emprunté[118]
Pour peindre cet excès d'insensibilité,[119]   710
Cet esprit de vertige et ces lueurs ineptes
Qui réduisent ainsi l'égoisme en préceptes.
Tout est bien! insensés? Hé! vous ne pouvez pas
Sans touchez votre erreur faire le moindre pas.
Tout est bien? Oui sans doute, en embrassant le monde,   715
J'y vois cette sagesse éternelle et profonde,[120]
Qui voulut en régler l'immuable beauté;[121]
Mais l'homme n'a-t-il point sa franche liberté?[122]
[123]Ne dépend-il donc pas d'un impudent faussaire,
De ne pas friponner ainsi qu'il veut le faire?   720
Ne tient-il pas à vous de prêter votre appui
A l'homme infortuné qu'on ruine aujourd'hui?
Ne tient-il pas à moi, sur un refus tranquille,
De vous fuir à jamais comme un homme inutile?
Or on peut faire, ou non, le bien comme le mal!   725
Si nous avons ce droit favorable ou fatal,[124]
Dans ce que l'homme a fait, au gré de son caprice;[125]
Or donc, tout n'est pas bien; ou vous niez le vice?
Parmi les braves gens, loyaux, sensibles, bons,
Il faudrait donc aussi des méchans, des fripons,[126]   730
Dans l'optimisme affreux que votre esprit épouse[127]

---

116 Var. ms.: 'Non, je ne croyais pas, enfin je dois le dire,'.
117 Var. ms.: 'Que l'appétit du mal allât jusqu'au délire.'.
118 Var. ms.: 'Hé Dieu! Je ne sais plus de quels mots me servir'.
119 Var. ms.: 'Pour peindre cet esprit qui ne peut pas s'assouvir,'.
120 Var. ms.: 'J'y reconnais du ciel la sagesse profonde,'.
121 Var. ms.: 'Qui voulut en regler l'eternelle beauté;'.
122 Var. ms.: 'Mais l'homme n'a-t-il pas sa franche liberté?'.
123 Vers supp. ms.: 'De cette liberté l'abus abominable
      N'a-t-il pas engendré ce mélange effroyable
      De vices et de maux et de perversité
      Qui troublent l'ordre enfin de la société'.
124 Var. ms.: 'Donc tout ce qu'on en voit est notre ouvrage égal,'.
125 Ce vers et celui qui suit ne paraissent pas dans le manuscrit. Deux vers assez similaires s'y
      trouvent, mais y sont rayés; rien ne les remplace.
126 Var. ms.: 'On aurait donc besoin des mechans, des fripons,'.
127 Var. ms.: 'Dans l'optimisme faux que votre esprit épouse'.

De sa perfection la nature est jalouse,
Sans doute, et c'est toujours le but de ses bienfaits.
Mais nous ne sommes pas comme elle nous a faits.
Moins nous avons changé, plus nous sommes honnêtes;[128]   735
Et je vous ai connu bien meilleur que vous n'êtes.
[129]Laissez ce faux système à ces vils opulens,
Qui, jusques dans le crime, énervés, indolens,[130]
Dans la mort de leur coeur sommeillent et reposent
Loin des maux qu'ils ont faits et des plaintes qu'ils causent.   740
Eh! quoi! si tout est bien, à ce cri désastreux,
Que va-t-il donc rester à tant de malheureux,
Si vous leur ravissez jusques à l'espérance?
Vous endurcissez l'homme à sa propre souffrance?
Il allait s'attendrir, vous lui séchez le coeur?   745
Vous clouez le bienfait au mains du bienfaiteur?
Ah! je n'ose plus loin pousser cette peinture.
Pour le bien des humains et grace à la nature,
Aux erreurs de l'esprit la pitié survivra.
L'homme sent qu'il est homme; et tant qu'il sentira   750
Que les malheurs d'autrui peuvent un jour l'atteindre,
Il prendra part aux maux qu'il a raison de craindre.
Quoiqu'il en soit enfin, voulez-vous m'obliger?
A servir ces gens-ci puis-je vous engager?
Solliciterez-vous votre oncle?   755

PHILINTE.
Mais de grace,
Observez donc, Alceste...

ALCESTE.
Au fait. Le tems se passe;
Mon homme va venir. Répondez?

---

128   Var. ms.: 'Je sens mes sentiments chaque jour plus honnêtes;'.
      Pour ceux qui cherche à déterminer l'influence de Rousseau sur Fabre, la version de ce vers qui se
      trouve dans la première édition nous rappelle l'argument sur lequel se fonde le *Discours sur
      l'inégalité*.
129   Vers supp. ms.: 'Dans ce que l'homme a fait et non pas a sa gloire
      Tout n'est pas bien, gardez vous de le croire.'.
130   Var. ms.: 'Qui jusques dans le vice, énervés, indolens,'.

PHILINTE.

Je ne vois...

ALCESTE.

Monsieur, le voulez-vous, pour la dernière fois?

PHILINTE.

Mais vous êtes pressant d'une étrange manière:
Il est mille raisons, qu'avec pleine lumière,   760
Je peux vous exposer: raisons fortes pour nous.
Mais on ne peut jamais s'expliquer avec vous.[131]

ALCESTE.

Ah! juste ciel! pourquoi, dans mon inquiétude,
Cherchai-je des amis,[132] de qui l'ingratitude...

SCENE X

ALCESTE, L'AVOCAT, PHILINTE.

ALCESTE, *à l'Avocat, et vivement.*

Venez. Voilà Monsieur, dont je vous ai parlé,   765
Qui peut finir d'un mot un fâcheux démêlé,
Qui se dit mon ami, que l'égoïsme abuse
Jusques à se parer d'une honteuse excuse,[133]
Pour ne pas engager un oncle, son soutien,
Ministre généreux, vraiment homme de bien,[134]   770

---

131   Vers supp. ms.: 'ALCESTE.
       Vous prenez des detours je le vois et votre âme
       Est sans pitié, Monsieur, je verrai votre femme
       Elle est bonne sensible

                PHILINTE.
                Il est vrai cependant
       Je ne souffrirai pas que son zèle imprudent...'.
132   Il peut sembler injuste que Alceste reproche à Eliante 'l'ingratitude' de Philinte. Les vers
       supplémentaires du manuscrit (voir la note ci-dessus) peuvent expliquer ce fait.
133   Var. ms.: 'Au point de se couvrir d'une honteuse excuse,'.
134   Var. ms.: 'Ministre vertueux, vraiment homme de bien,'.

A servir un projet aussi simple qu'honnête.
A le persuader je perds en vain la tête;
Sur son âme intraitable et qu'à présent je voi,
Prenez, si vous pouvez, plus d'ascendant que moi.[135]

L'AVOCAT.
Je ne puis d'aucun droit appuyer ma demande: 775
Et ma crainte pourtant ne fut jamais plus grande.
Et sortant j'ai trouvé, Monsieur, sur mon chemin,
Cet ami qui devait me procurer demain
L'entretien et l'appui d'un homme d'importance;
Il remet à huit jours cette utile audience.   780
Le tems fuit, le mal vole; et dans ses vils détours,
Le crime peut asseoir son succès en huit jours.
Je reviens vous conter cet accident funeste;
Car votre âme à présent est l'espoir qui me reste.

ALCESTE.
Hé bien! Philinte, hé bien!   785

L'AVOCAT, à Philinte.
                            Monsieur, je n'ose pas
Vous prier, à mon tour; mais de mon embarras
Si vous êtes instruit, comme vous devez l'être,
Un malheur aussi grand vous touchera peut-être.
Peut-être, répandu dans un monde élevé,
Plus que Monsieur, d'hier seulement arrivé,   790
Plus que moi, qui n'ai pu rechercher quelque trace
Qu'auprès de quelques gens d'une moyenne classe;
Peut-être, dis je, vous, Monsieur, vous connoîtrez
L'homme à qui l'on surprit ce billet. Vous verrez.[136]
(Il tire son portefeuille, et fait mine de chercher le billet.)
Je consens, sur la foi d'une exacte prudence,   795

---

135   Var. ms.: 'Voyez si vous aurez plus d'ascendant que moi.'.
136   Var. ms.: 'Cet homme à qui l'on surprit ce billet. Vous verrez.' ('l'homme' est rayé dans le
       manuscrit).

A vous faire du tout entière confidence;
Vous allez voir...[137]

PHILINTE.
Non, non, Monsieur; je ne veux pas[138]
Pénétrer ces secrets; ils sont trop délicats.

L'AVOCAT.
Cependant...

PHILINTE.
Jugez mieux de ma délicatesse.

ALCESTE, *tendant la main.*
Mais, voyons...[139]   800

PHILINTE, *le retenant.*
Non, mon cher; les gens dans la détresse
Ne sont pas satisfaits que des yeux étrangers
Pénètrent leurs besoins ainsi que leurs dangers.
La curiosité peut-être vous attire;
Mais si vous le lisez, soudain je me retire.
(*A l'Avocat, qui resserre son porte-feuille avec une confusion douloureuse.*)
Monsieur, sans me mêler, de fait, ni d'entretien,   805
Au péril qui ne doit me regarder en rien,
Je vous observerai qu'un homme raisonnable,
D'une honteuse affaire et fort désagréable,
Ne doit pas épouser les soins infructueux.
Et vous voyez déjà cet ami vertueux,[140]   810
D'abord impatient jusqu'à l'étourderie[141]
Par ce premier aspect d'une friponnerie,[142]
Qui, graces au secours de la réflexion,

---

137 Var. ms.: 'Le voici ce billet'.
138 Var. ms.: 'Monsieur je ne veux pas'.
139 Var. ms.: 'Oui, voyons...' ('Mais' est rayé dans le manuscrit).
140 Var. ms.: 'Et vous voyez déjà votre ami vertueux,'.
141 Var. ms.: 'D'abord zélé jusques à l'imprudence' (il manque deux syllabes à ce vers).
142 Var. ms.: 'Par le premier effet de votre confidence,'.

Vous éconduit vous-même en cette occasion.
Sagesse naturelle et louable...   815

ALCESTE.

J'enrage.
Je me sèche d'humeur à ce honteux langage,
Comble d'égarement des hommes vicieux,[143]
De s'étayer du mal qui vient frapper leurs yeux,
De pratiquer ce mal, d'en être les apôtres,[144]
Parce qu'il fut commis et pratiqué par d'autres![145]   820

PHILINTE.
Cet autre dont je parle, homme incroyable et prompt,
A fait ce qu'il faut faire et ce que tous feront.
Et, sans trop m'ériger en censeur; je demande
A Monsieur que voilà, dont la chaleur est grande
Pour divulguer à tous: par excès de pitié,[146]   825
Un secret important qui lui fut confié;
Je demande, si, vu le poste qu'il occupe,
Il est tout-à-fait bien, pour sauver une dupe,
Un sot, un mal-adroit, à lui très-inconnu,
De trahir le Client, secrétement venu   830
Vers lui, dans cet espoir et dans cette assurance
Qu'un Avocat ne peut tromper sa confiance?[147]

ALCESTE, *en fureur.*
Vous tairez-vous, Philinte?.. Ah c'en est trop... grand Dieu!
Allons, il faut mourir; il n'est point de milieu,
Quand on voit ces détours, ces défenses subtiles...[148]   835
Oh, morbleu!.. C'est ici le venin des reptiles...
Quoi! pour autoriser l'insensibilité,[149]

---

143   Var. ms.: 'Comble d'égarement de l'homme vicieux,'.
144   Var. ms.: 'De pratiquer ce mal, de s'en rendre l'apôtre,'
145   Var. ms.: 'Parce qu'il fut déjà pratiqué d'un autre!'.
146   Var. ms.: 'Pour divulguer à tous; à force de pitié,'.
147   Var. ms.: 'Qu'un Avocat ne peut trahir sa confiance?'.
148   Var. ms.: 'Quand on voit au méchant ces deffenses [sic] subtiles...'.
149   Var. ms.: 'C'est peu de la méchanceté,' (il y manque quatre syllabes).

Blâmer la vertu même en sa sublimité![150]
Sachez donc...

L'AVOCAT, *avec dignité.*
Non, Monsieur; c'est à moi de répondre
Au reproche étonnant qui ne peut me confondre.   840
Les discours, je le vois, deviendraient superflus;
Quand on sent bien son coeur, on ne dispute plus;
Et lorsqu'à cet excès l'esprit peut se méprendre,
On doit se retirer pour n'en pas trop entendre.
(*Il sort.*)

SCENE XI

ALCESTE, PHILINTE.

PHILINTE, *suivant de l'oeil et avec dépit l'Avocat qui sort.*
Qu'est-ce à dire?.. ce ton... ces grands airs de vertu...   845

ALCESTE.
Il fait bien. Vous n'avez que ce qui vous est dû.
Raillez l'homme de bien, aimables gens du monde;
Il vous reste toujours cette trace profonde,
Ce trait déséspérant qui, dans vos coeurs jaloux,
Pour vous humilier s'enfonce malgré vous.   850
Adieu. N'attendez pas, Monsieur, que je vous prie.
Je vais voir Eliante; et son âme attendrie
Deviendra notre appui. Par un lâche conseil,
Plus endurci toujours, à vous-même pareil,
Faites donc échouer cet espoir qui me reste: 855
Et comptez bien alors sur la haine d'Alceste.

(*Fin du second Acte*)

---

150   Var. ms.: 'Vous blâmez la vertu dans sa sublimité!'.

ACTE III

SCENE PREMIERE

ELIANTE, PHILINTE.

PHILINTE.

Madame, comme vous, avec facilité,
Mon coeur sait exercer des actes de bonté.
Mais, pour des étrangers alors qu'on s'intéresse,
N'allons pas, s'il vous plaît, jusques à la faiblesse.　　　860

ELIANTE.

Appellez-vous ainsi ce zèle attendrissant,
Cette noble chaleur d'un coeur compatissant?
Alceste m'a touchée; et ses récits encore
M'offrent un vrai malheur, Monsieur, que je déplore.
Je tremble du danger que court un inconnu,　　　865
Comme si le pareil nous était survenu.
J'en suis vraiment émue. Oui, je sens...

PHILINTE.

　　　　　　　　Hé! Madame,
Il faut si peu de chose à l'esprit d'une femme
Pour l'exalter d'abord, et montrer à ses sens,
Jusques dans le péril des plaisirs ravissans.　　　870
Mais comme un rien l'anime, un rien la décourage.
Il faut sur cet objet réfléchir davantage;
Et, sans doute, changeant et d'avis et de loi,
Vous serez la première à penser comme moi

ELIANTE.

Dans vos opinions, distinguez, je vous prie, 875
Le sentiment, Monsieur, de la bizarrerie;
Vous me surprenez fort, en confondant ainsi
L'âme sensible et bonne, et le coeur rétréci.
On doit peu s'y tromper, cependant: et je trouve
Un intérêt si vif dans l'effet que j'éprouve, 880
Dans mes sentimens vrais et bien appréciés,
Je changerai si peu, quoique vous en disiez,
Qu'avec nouvelle instance, ici, je vous conjure
De satisfaire Alceste.

PHILINTE.
Oh! non; je vous le jure.

ELIANTE.

Allez trouver mon oncle. 885

PHILINTE.
Impossible.

ELIANTE.
Du moins,
Laissez à mes plaisirs l'embarras de ces soins.[151]

PHILINTE.

Non, non, Madame, non. D'une affaire suspecte,
En aucune façon, détournée ou directe,
De grâce, obligez-moi de ne pas vous mêler.

ELIANTE.

Il suffirait d'un mot. 890

PHILINTE.
C'est toujours trop parler,
Quand ce mot gratuit ne nous est pas utile.

---

151   Var. ms.: 'Laissez-moi donc, Monsieur, me charger de ces soins.'.

ELIANTE.

Quoi! faut-il?..

PHILINTE.

Je le vois, votre esprit indocile
Feint de ne pas sentir ma solide raison,
Et l'intérêt commun de toute ma maison.
Cette feinte est sans doute une nouvelle adresse   895
Pour me contrarier et vous rendre maîtresse.
Hé bien, Madame, hé bien! puisqu'il faut m'expliquer,
Sachez donc que tout homme est funeste à choquer,
Et le fourbe intriguant encore plus qu'un autre.
De quoi nous mêlons-nous? Est-elle donc la nôtre,   900
Cette piteuse affaire où, par cent ennemis[152]
Je verrais mon repos peut-être compromis?
Du dangereux faussaire et de sa vile agence,
Ne puis-je pas enfin exciter la vengeance?[153]
Je le dis à regret; mais malgré ses penchans,   905
Si l'on blesse les bons, épargnons les méchans,
Leur courroux clandestin dure toute la vie.
Mais une autre raison forte, et qui me convie[154]
Plus que tout autre encore à de fermes refus,
C'est que de sa faveur il faut craindre l'abus.   910
Quand on a du crédit, c'est pour nous, pour les nôtres,
Qu'il faut le conserver, sans le passer à d'autres:
On n'en a jamais trop, pour que, de toute part,
On aille l'employer et l'user au hazard;
Son affoiblissement n'arrive que trop vite;   915
Vous voulez le rebours de tout ce qu'on évite.
Comme si la coutume en effet n'était pas,
Au lieu de porter ceux qu'on jette sur vos bras,
Pour si peu de crédit qui vous tombe en partage.
D'être prompt au contraire à prendre de l'ombrage   920
De toute créature et de tout protégé,

---

152   Var. ms.: 'Cette affaire épineuse où, par cent ennemis'.
153   Var. ms.: 'N'exciterai-je pas les cris? et la vengeance?'.
154   Var. ms.: 'Enfin une raison forte, et qui me convie'.

Par qui l'on pourrait voir ce crédit partagé,[155]
Soit pour les détourner, ou pour les mettre en fuite.
Voilà sur quels motifs je règle ma conduite.
Je pense et vois le monde, et dis, de vous à moi,   925
Qui'il faut, pour vivre heureux, se replier sur soi.

ELIANTE.

Pouvez-vous?..

PHILINTE, sèchement.

Il suffit. Que notre ami s'emporte,[156]
C'est en vain; ma prudence est ici la plus forte:
De son prix, je le sais, il peut disconvenir:
J'agis au gré du monde, et je veux m'y tenir.   930
(*Il sort*)

SCENE II

ELIANTE, seule.
Je ne le vois que trop; c'est ainsi que l'on pense.
En est-on plus heureux? Quelle triste prudence,
De vouloir s'isoler, de se lier les mains,[157]
Et d'étouffer son coeur au milieu des humains!
Vous avez tort, Philinte! et je suis importune.   935
Mais ne pouvez-vous pas éprouver d'infortune?
Et verriez-vous alors, d'un oeil tranquille et doux
Les hommes vous poursuivre ou s'éloigner de vous?

---

155   Var. ms.: 'Par qui l'on pourrait voir son crédit partagé,'.
156   Var. ms.: 'C'est assez. Notre ami s'emporte,'.
157   Var. ms.: 'De s'isoler ainsi, de se lier les mains,'.

SCENE III

ALCESTE, ELIANTE.

ELIANTE.

Nous avons fait, Alceste, une vaine entreprise.
Je ne puis vous aider. Je suis femme et soumise,   940
Philinte a des raisons qui fondent son refus;
Oui, j'avais trop promis. Mon esprit est confus...[158]

ALCESTE.

Madame, sur vos soins, je ne forme aucun doute.
Allons, puisqu'on agit de la sorte, j'écoute
Le seul cri de mon coeur et son noble penchant.   945
Je vais trouver votre oncle; oui, moi, moi, sur-le-champ;[159]
Et quelque risque enfin que je coure moi-même[160]
A me montrer à tous, quand un arrêt suprême
Menace dans ces lieux ma liberté...

ELIANTE, *alarmée.*
Comment?
Vous exposer ainsi?   950

ALCESTE.

Plus de retardement.
Si de mes ennemis la force m'environne,[161]
Ils verront à quel prix je livre ma personne,
Et j'aurai le plaisir d'ajouter cet affront
Aux mille autres encore imprimés sur leur front,
Que j'éprouvai toujours leur noire violence,   955
Dans le moment précis d'un trait de bienfaisance.
Il sera beau me voir, sauvant un inconnu,
Par la main des méchans dans les fers détenu.

---

158   Var. ms.: 'Et d'avoir trop promis mon esprit est confus...'.
159   Var. ms.: 'Je vais trouver votre oncle; oui j'y vais sur le champ;'.
160   Var. ms.: 'Et quelque risque ici que je coure moi-même'.
161   Var. ms.: 'Si des traîtres la force m'environne,' (il y manque deux syllabes).

ELIANTE.

Nous ne permettons pas que, par excès de zèle,
Vous courriez le danger...   960

ALCESTE.

La fortune cruelle
Peut disposer de moi tout comme il lui plaira.
Votre oncle m'est connu, son coeur m'écoutera.
Et j'en obtiendrai tout; j'en suis sûr, oui, j'y compte.[162]
Je serais bien fâché d'épargner cette honte
Au traître de Philinte, à qui je ferai voir,   965
Malgré tous les périls, comme on fait son devoir.

ELIANTE.

Non, je vais le trouver...

ALCESTE.
Remontrance inutile.

ELIANTE.

Attendez...

ALCESTE.

Il verra que le bien est facile
Au coeur qui veut le faire.

ELIANTE.
Alceste, réprimez...
Voyons encor Philinte... Ah Dieu!.. vous m'alarmez.   970
(*Elle sort avec promptitude.*)

---

162   Var. ms.: 'Et j'en obtiendrai tout; j'en suis sûr, et j'y compte'.

SCENE IV[163]

ALCESTE, *seul.*

Qu'importent mes dangers? Je tente l'aventure.[164]
Oui, je vais demander des chevaux, ma voiture.[165]
Mon honnête Avocat avec moi peut venir,
En deux heures de temps je lui fais obtenir...

SCENE V

ALCESTE, LE PROCUREUR.

ALCESTE.

Que vous plaît-il, Monsieur?   975

LE PROCUREUR.

C'est à vous, je présume,
Qu'en vertu de mon titre et suivant la coutume;
Il faut que je m'adresse, en cette occasion,
Monsieur, pour un billet dont il est question?

ALCESTE.

Un billet?

LE PROCUREUR.

Oui, Monsieur; constituant la somme
De deux cent mille écus.   980

---

163   Le Manuscrit des Archives de la Comédie Française (Ms. ACF) commence à partir de cette scène.
Nous ne signalons pas les légères différences de ponctuation ni de capitalisation entre ce manuscrit
et la première édition. Il est à remarquer, chose bizarre dans un texte destiné à servir à l'acteur qui
jouait le rôle du Procureur, que les indications scéniques n'y figurent pas. Y figurait non plus le
texte intégral des tirades des autres personnages; on n'y garda que les premières et dernières
répliques.

164   Ms. ACF: 'Qu'importe mes dangers? Je tente l'aventure.' (il s'agit certainement d'une erreur de la
part du copiste). La version Ms. BN est conforme à la première édition.

165   Var. ms.: 'Et je vais demander des chevaux, ma voiture.' ('Oui' est rayé dans le manuscrit). La
version Ms. ACF est conforme à la première édition.

ALCESTE.

Ah! C'est un honnête homme,
Dont je fais très-grand cas, qui vous envoye ici?

LE PROCUREUR.

Précisément.

ALCESTE.

Il faut...

LE PROCUREUR.

Le payer.[166]

ALCESTE.
Qu'est ceci?

LE PROCUREUR.
C'est un billet, Monsieur, qu'il faut payer sur l'heure.

ALCESTE.

Qui? moi?

LE PROCUREUR.
Vous; n'est-ce pas ici votre demeure?

ALCESTE.
Oui; qui donc êtes-vous, Monsieur, à votre tour?   985

LE PROCUREUR.
Je me nomme Rolet, Procureur en la Cour.

ALCESTE.
N'est-ce pas pour l'affaire importante et pressée,
Qui de mon Avocat occupe la pensée?
Et ne s'agit-il pas d'un billet clandestin,
Dont ce Monsieur Phoenix m'a parlé ce matin?   990

---

166   Ms. ACF: 'Payer' (il y manque une syllabe - erreur du copiste?). La version Ms. BN est conforme
      à la première édition.

LE PROCUREUR.

Oui, Monsieur. Ce billet, ou bien lettre de change,
Au gré de ma partie en mes mains passe et change.
Maître Phoenix n'est plus chargé de ce billet;
Et c'est moi qui poursuis le paîment, s'il vous plaît.

ALCESTE.

Quoi donc? Mon Avocat, de cette grande affaire...   995

LE PROCUREUR.

Ne se mêlera plus, et n'a plus rien à faire,
C'est moi qui, mieux que lui, soigneux et vigilant,
Me saisis de la cause; et, grace à mon talent,
L'effet sera payé, croyez-en ma parole,
Sans quartier, ni retard, ni grace d'une obole.   1000

ALCESTE.

Serait-il bien possible?

LE PROCUREUR, *avec importance.*
Et j'ai des amis chauds.[167]

ALCESTE.

Mais savez-vous, Monsieur, que ce billet est faux?[168]

LE PROCUREUR, *faisant le courroucé.*

Qu'est-ce à dire? et quels sont ces discours illicites?
Prenez garde, Monsieur, à ce que vous me dites.[169]
Il y va de bien plus que vous ne le pensez,   1005
A tenir devant moi ces discours insensés.[170]
Il y va de l'honneur. Comment! Une imposture?

---

167   Ms. ACF: 'J'ai des amis chauds' (il y manque une syllabe). La version Ms. BN est conforme à la
      première édition.
168   Var. ms.: 'Savez-vous bien, Monsieur, que ce billet est faux?'. La version Ms. ACF est conforme à
      la première édition.
169   Ms. ACF: 'Prenez garde, Monsieur, à ce que vous dites' (il y manque une syllabe). La version Ms.
      BN est conforme à la première édition.
170   Var. ms.: 'A prendre devant moi ces moyens insensés.'. La version Ms. ACF est conforme à la
      première édition.

Il est faux? et peut-on nier la signature?

ALCESTE.

Qu'importe à ce billet, comme à sa fausseté,
La signature enfin, avec sa vérité.   1010

LE PROCUREUR.

Ah! vous en convenez, même après ce scandale?[171]
Vous la confessez vraie, exacte, originale?
Ah! je suis enchantée de voir, par ce détour,
A qui j'ai, pour le coup, affaire dans ce jour![172]
Je ne m'étonne plus de cette négligence   1015
De ce maître Phoenix à commencer l'instance.
Digne et belle action d'un homme délicat!
Il s'en charge en secret, et c'est votre Avocat!
Prévarication! collusion perfide!
Mais vous avez en tête un Procureur rigide,   1020
Un homme, grâce au Ciel, pour ses moeurs renommé,
A poursuivre la fraude, en tout, accoutumé,
Qu'on ne corrompra pas, dont le regard austère
A la mauvaise foi ne laisse aucun mystère..

ALCESTE, *furieux.*

Impudent personnage, as-tu bientôt fini?   1025
Je ne sais qui me tient que tu ne sois banni
Loin de moi, par mes gens, et selon tes mérites.

LE PROCUREUR.

Violence?.. Monsieur, l'affaire aura des suites.

ALCESTE.

Sors; redoute l'excès de toute ma fureur.

---

171   Var. ms.: 'Ah vous en convenez, malgré votre scandale?'. La version Ms. ACF est conforme à la
      première édition.
172   Var. ms.: 'A qui j'ai, pour le coup, à faire dans ce jour!'. La version Ms. ACF est conforme à la
      première édition.

LE PROCUREUR, *ça et là, effrayé.*

Guet à pens, et déni d'un billet? Quelle horreur!   1030

ALCESTE.

Ton billet?.. ah! plutôt que ta friponnerie
Tire le moindre gain de cette fourberie,[173]
Rien ne me coûtera pour ta punition,
Et j'y sacrifirai, s'il faut, un million.[174]

LE PROCUREUR.

Tant mieux!.. Nous allons voir si c'est ainsi qu'on ose   1035
Insulter, outrager, dans la plus juste cause,
Un homme, comme moi, d'honneur, de probité.

ALCESTE, *hors de lui.*

Dubois! Germain! Picard!

SCENE VI

ALCESTE, DUBOIS, LE PROCUREUR, LAQUAIS.

ALCESTE, *à ses gens.*
Avec célérité,
Sans pitié, chassez-moi cet homme, tout-à-l'heure;
Et qu'il ne puisse plus souiller cette demeure   1040
(*Les Laquais avancent sur Le Procureur.*)

LE PROCUREUR, *effrayé.*

Monsieur!.. Monsieur!..

---

173   Var. ms.: 'Tire avantage ici de cette fourberie,'. La version Ms. ACF est conforme à la première
        édition.
174   Ms. ACF: 'Et j'y sacrifirai, s'il le faut, un million'. La version Ms. BN est conforme à la première
        édition. Tout dépend du nombre de syllabes que l'on accorde au mot 'million'. En fait ce mot doit
        compter trois syllabes (voir également vers 1518), mais le vers qui en résulte est fort difficile à
        prononcer et on peut aisément comprendre pourquoi le copiste inséra ce mot supplémentaire dans
        la copie du texte destiné à être prononcé sur scène.

SCENE VII

ALCESTE, PHILINTE, DUBOIS, LE PROCUREUR, LAQUAIS.

PHILINTE, *accourant.*
Eh! bien! quel est donc ce fracas?

LE PROCUREUR, *l'implorant.*
Monsieur!... Monsieur!...

PHILINTE.
Que vois-je? et quels fâcheux éclats!
(*Aux Laquais qui entourent le Procureur, et cependant hésitent à l'aspect de Philinte.*)
Dubois, retirez-vous.
(*Les gens sortent.*)

SCENE VIII

ALCESTE, PHILINTE, LE PROCUREUR.

LE PROCUREUR, *à Philinte.*
Monsieur, je vous atteste
Contre cet attentat insigne et manifeste!

PHILINTE, *à Alceste.*
Eh! mon cher, qu-est ceci?   1045

ALCESTE, *furieux.*
Laissez-moi; mes transports,
Ma colère n'ont pas de termes assez forts.

LE PROCUREUR, *faisant le courroucé,*
Je viens pour un billet que Monsieur me dénie,
En osant me traîter avec ignominie.

PHILINTE.

Un billet?

LE PROCUREUR.
Bon billet de deux cent mille écus.

PHILINTE.

Ah! Je commence à voir...   1050

ALCESTE.
De vos lâches refus
Voyez-vous maintenant la suite déplorable?[175]
Mon Avocat n'a plus ce billet détestable,
Et le voilà tombé dans les mains d'un fripon.

LE PROCUREUR.
Vous l'entendez, Monsieur?

PHILINTE, *à Alceste*.
Cette fois, tout de bon,
Vous perdez la cervelle; et votre humeur s'emporte   1055
A de fâcheux excès et d'une étrange sorte.

ALCESTE.
Et coment faites-vous pour voir de ce sang-froid
Toute perversion de justice et de droit?
Félicitez-vous bien de votre indifférence;
En voilà de beaux fruits, en cette circonstance;   1060
Un fourbe sans pudeur, que son pareil défend;[176]
Un homme ruiné, le crime triomphant;
Et parmi tant d'horreurs, l'effet le plus étrange,
C'est qu'il semble que l'ordre encore les arrange.

---

175   Ms. ACF: 'Vous voyez maintenant la suite déplorable:'. La version Ms. BN est conforme à la
      première édition.
176   Ms. ACF: 'Vous voyez maintenant la suite déplorable:'. La version Ms. BN est conforme à la
      première édition.

PHILINTE, *bien froidement, et ricanant.*
Ne vous y trompez pas, et c'est l'ordre en effet   1065
Qui dans le fond préside à tout ce qui se fait;
Et vous verrez, Monsieur, que, malgré vos murmures,
En ceci, tout ira suivant mes conjectures.
Le grand malheur enfin pour se tant gendarmer,
Comme si l'univers tendait à s'abîmer: 1070
Je plains les maux d'autrui; mais, au vrai, cette affaire,
Dans la somme des maux, me semble une misère.
C'est un billet de fait? D'abord, on plaidera;
Et puis, au bout du compte, enfin, on le paîra;
C'est la règle, la loi; qui signe ou répond, paye,   1075
Et je ne vois là, rien du tout, qui m'effraye.

LE PROCUREUR.
Monsieur prend bien l'affaire; et j'ose demander,
Moi, dont le devoir est d'instruire, de plaider[177]
Pour les infortunés sans appui, sans réfuge,
Si j'ai tort ou raison? Je vous en fais le juge.   1080
On a fait un billet: j'en prétends la valeur...

ALCESTE.
Insidieux agent, votre homme est un voleur.

LE PROCUREUR.
C'est ce qu'il faut prouver.

PHILINTE, *au Procureur.*
Monsieur, laissez-le dire;
Faites votre métier. On vient de vous élire;[178]
Poursuivez donc l'affaire, et vous aurez raison.[179]   1085

---

177   Var. ms.: 'Moi dont le devoir est d'instruire et de plaider'. La version Ms. ACF est conforme à la
      première édition.
178   Var. ms.: 'Faites votre métier et [?tenter] ce qu'inspire;'. Ces vers de Philinte ne sont pas transcrits
      dans Ms. ACF bien qu'ils s'adressent au Procureur, car celui-ci n'y répond pas.
179   Var. ms.: 'Aux gens de votre état l'ordinaire raison.'.

ALCESTE.

Ferme! Excitez-le encore à tant de trahison.
Je n'y saurais durer; et dans ce qui m'arrive,
Je ne puis plus tenir ma colère captive.[180]
Ne voyez vous donc pas, ou feignez-vous enfin
De ne pas voir le but de cet homme, plus fin   1090
Et plus fourbe, à jeu sûr, des pieds jusqu'à la tête,[181]
Que mon sage Avocat lui-même n'est honnête?
Il ne le sait que trop, que le billet est faux.

LE PROCUREUR.

C'est un fait que je nie.[182]

PHILINTE, *à Alceste.*
Excès de vos défauts,
De demander aux gens plus de droiture d'âme,   1095
Plus de sincérité que la loi n'en réclâme.

LE PROCUREUR.

Qu'on ose m'insulter ainsi devant témoins!
On verra.

ALCESTE.[183]
Si je l'ose? Oui, traître, de tes soins,
Tu sais bien quel sera le prix! mais je proteste[184]
D'en rendre la noirceur publique et manifeste;   1100

---

180 Var. ms.: 'Je puis plus tenir ma colère captive.' (il y manque une syllabe). Ms. ACF ne reprend
     qu'à partir du vers 1092.
181 Var. ms.: 'Plus surement fripon, des pieds jusqu'à la tête,'.
182 Vers supp. ms.: 'ALCESTE
     En ses lâches travaux
     Il sait bien à quel prix dans cette conjoncture
     Un combat effronté soutiendra l'imposture.
     [les répliques qui suivent, de Philinte et du Procureur sont supprimées, et Alceste enchaine avec:]
     Mais morbleu, moi tout seul je braverai ses coups
     Je me mêle au procès...'.
     Le manuscrit donne les deux versions et n'indique pas laquelle des deux a été retenue. La section
     qui y correspond n'est pas transcrite dans Ms. ACF puisque le Procureur n'y parle pas.
183 Toutes les répliques d'Alceste et de Philinte jusqu'au vers 1133 ne sont pas transcrites dans Ms.
     ACF.
184 Var. ms.: 'Tu sais bien quel sera le prix! va je proteste'.

Oui, morbleu! moi tout seul, je braverai tes coups.[185]
Oui, moi-même au procès...

PHILINTE.
Hé bien! y pensez-vous?

Comment? Vous engager dans la cause?

ALCESTE.
Sans doute.

PHILINTE.

C'en est trop. Ecoutez.

ALCESTE.
Il n'est rien que j'écoute.

PHILINTE.

Le dépit est bizarre, et c'est trop fort aussi.   1105

ALCESTE.

Rien, rien, je plaiderai.[186]

PHILINTE.
Parbleu! non.

ALCESTE.
Parbleu! si.

Qui m'en empêchera?

PHILINTE, *jouant le sentiment.*
Moi, Monsieur, qui déplore

Ce projet insensé. J'ajoute même encore
Que la saine raison, les égards, la pitié
Commandent à mon coeur bien moins que l'amitié.   1110
Par le sentiment seul ma prudence animée[187]

---

185   Var. ms.: 'Morbleu! moi seul plutôt je braverai tes coups.'.
186   Var. ms.: 'Je plaiderai morbleu!'.
187   Var. ms.: 'Par la seul sentiment ma tendresse [?affirmée]'.

Devant ce zèle ardent tient mon âme alarmée...[188]
De crainte... de regret... je me trouve saisi.[189]

ALCESTE, *avec dégoût.*
Quel langage étonnant avez-vous donc choisi?
Vous, effrayé d'un trait qui me comble de joie?   1115
Et pensez-vous, Monsieur, que sottement je croie
A tous ces faux semblans de sensibilité?
Non, non, elle n'a point ce langage apprêté.
Quittez, ou démentez ces grimaces frivoles,
Mais par des actions, et non par des paroles.   1120
Avouez-moi plutôt que je vous fais rougir;[190]
Que mon zèle confond votre refus d'agir;
Et que, par un dépit rougeur, qui vous accuse,
Vous souffrez d'un bienfait que votre âme refuse:
Voilà votre état vrai; voilà ce que je crois,   1125
Et comment la vertu ne perd jamais ses droits.
Plus d'explication. et vous, agent honnête,[191]
Nommez-moi, pour répondre au combat qui s'apprête,[192]
Nommez-moi du billet, dont vous êtes porteur,[193]
Le traître créancier et le faux débiteur,   1130
Vous n'avez pas encore une pleine victoire.

PHILINTE, *au Procureur.*
Non, ne le nommez pas, Monsieur, veuillez m'en croire.

ALCESTE.
Je veux l'apprendre, moi.

PHILINTE.
Vous ne le saurez pas.

---

188   Var. ms.: 'Devant votre chaleur tient mon âme allarmée [*sic*]...'.
189   Var. ms.: 'De crainte et de regret... je me trouve saisi.'.
190   Var. ms.: 'Avouez-nous plutôt que je vous fais rougir;'. ('moi' est rayé dans le manuscrit).
191   Var. ms.: 'Plus d'explication. Et vous, agent funeste,'.
192   Var. ms.: 'Nommez-moi promptement de ce vol manifeste,'.
193   Var. ms.: 'De ce fatal billet, dont vous êtes porteur,'.

LE PROCUREUR.

Messieurs, je n'entends rien à de pareils débats.

Les noms dont il s'agit, dont l'enquête m'étonne,   1135

Monsieur le sait fort bien.[194]

ALCESTE.

Qui? moi?

LE PROCUREUR.

Mieux que personne.

ALCESTE.

Comment?

LE PROCUREUR.

Le débiteur, c'est vous...

ALCESTE.

Moi? scélérat.

LE PROCUREUR, *cherchant son carnet.*

Vous. En voici la preuve en ce brief contrat,

Souscrit dans la teneur d'une lettre de change,

Au seul profit d'Ignace-André Robert.   1140

PHILINTE, *surpris.*

Qu'entends-je?[195]

Robert? un Intendant de maison?

LE PROCUREUR.

Je le sais.

Monsieur son débiteur, Comte de Valancés.

PHILINTE, *avec effroi.*

Qu'avez-vous dit? Comment?... Monsieur, prenez-y garde!

Comment!..

---

194   Var. ms.: 'Monsieur les sait fort bien.'. La version Ms. ACF est conforme à la première édition.
195   Fabre pousse les règles de la versification classique à leurs limites avec cette rime!

LE PROCUREUR.
Sans le prouver, jamais je ne hasarde
Aucun fait; et voici...   1145

PHILINTE, *avec une force effrayante.*
Savez-vous que c'est moi?

LE PROCUREUR.
Comte de Valancés?

PHILINTE.
Moi-même.

ALCESTE, *étourdi.*
Vous?..Eh quoi!..
Qu'est ceci?

LE PROCUREUR, *montrant de ses deux mains le billet*
qu'il tient avec précaution.
Vous devez en cette conjoncture
Connaître donc ce titre et votre signature.

PHILINTE, *avec le cri du désespoir.*
O grand Dieu! c'est mon seing!

ALCESTE.
Le vôtre? Juste Ciel?

PHILINTE, *vivement à Alceste.*
Comte de Valancés, c'est mon nom actuel: 1150
Et le traître Robert est un fripon insigne,
Qu'avec une rigueur dont il était bien digne,
Depuis quinze ou vingt jours j'ai chassé de chez moi;
C'est lui qui m'a surpris le billet que je vois.

ALCESTE, *avec terreur.*

Vous?..[196]   1155

PHILINTE, *d'un tems au Procureur.*
Billet faux! Monsieur, que vous devez me rendre.[197]
Ah! gardez-vous, au moins, d'oser rien entreprendre![198]

LE PROCUREUR.
Je ne connais ici que mon titre.
(*Philinte se jette dans un fauteuil, accablé par son désespoir.*)

ALCESTE.
Oh! morbleu!
C'est vous que le destin, par un terrible jeu,
Veut instruire et punir... O céleste justice!
Votre malheur m'accable, et je suis au supplice.   1160
Mais je ne prendrais pas, moi, de ce coup du sort,
Cent mille écus comptant... Eh bien! avais-je tort?[199]
Tout est-il bien, Monsieur?

PHILINTE, *se levant avec fureur.*
Je me perd... Je m'égare...
O perfidie!.. ô siècle et pervers et barbare!..
Hommes vils et sans foi!.. Que vais-je devenir?..   1165
Rage!.. Fureur!.. Vengeance!.. Il faut... on doit punir...
Exterminer...
(*Le Procureur file pour se sauver; il va le saisir.*)
Monsieur!..Restez, sur votre tête![200]

LE PROCUREUR.
Comment? et de quel droit est-ce que l'on m'arrête?

---

196 Var. ms.: 'Quoi vous? vous?'.
197 Var. ms.: 'Billet faux, que vous devez me rendre.'. La version Ms. ACF est conforme à la première
     édition.
198 Var. ms.: 'Ah! gardez-vous, Monsieur, d'oser rien entreprendre!'. La version Ms. ACF est
     conforme à la première édition.
199 Var. ms.: 'Cent mille écus comptant... Monsieur avais-je tort?' (ces répliques d'Alceste ne sont pas
     transcrites dans Ms. ACF).
200 Var. ms.: 'Monsieur! Monsieur!.. Restez, sur votre tête!' (trop de syllabes). La version Ms. ACF
     est conforme à la première édition.

PHILINTE.

Vous répondrez du mal que vous allez causer.

LE PROCUREUR.

J'y consens.   1170

PHILINTE.

Mon déni doit vous désabuser.

Vous seriez compromis, l'honneur et votre place...[201]

LE PROCUREUR.

Bagatelle!.. Ceci n'a rien qui m'embarrasse.

ALCESTE, *au Procureur.*

Sors donc! fuis loin de nous.

LE PROCUREUR, *menaçant.*

Oui, je sors... à mon tour...

Il est tard, la nuit vient... Demain il fera jour.

(*Il s'avance pour sortir.*)

PHILINTE, *égaré.*

He! Champagne! à l'instant, les chevaux, la voiture!...   1175

LE PROCUREUR, (*retournant*).

Evasion subite!... à demain...[202]

SCENE IX

ALCESTE, PHILINTE.

PHILINTE, *désespéré, et s'abymant dans un fauteuil.*

L'imposture

---

201   Var. ms.: 'vous seriez compromis, et l'honneur...votre place...'. La version Ms. ACF est conforme à
       la première édition.
202   Avec la sortie du Procureur Ms. ACF s'interrompt pour ne reprendre qu'avec la réapparition de ce
       personnage, vers 1353 de cette édition.

Peut-elle aller plus loin?.. Je ne sais où j'en suis.

ALCESTE.

Vous pouvez disposer de tout ce que je puis.
Mes reproches, Monsieur, seraient justes, je pense;
Mais mon coeur les retient; le vôtre m'en dispense.   1180
Tout mérité qu'il est, le malheur a ses droits,
La pitié des bons coeurs, le respect des plus froids.
Mon âme se contraint, quand la vôtre est pressée.
Quand vous serez heureux, vous saurez ma pensée.
Allons nous consulter sur cette affaire-ci.   1185
Je vais faire avertir mon Avocat aussi.[203]
Je souffre horriblement pour votre aimable femme.
Quant à vous... Profitez; c'est le voeu de mon âme.
(*Il va pour sortir: il voit que Philinte est abymé dans
sa douleur; la pitié le ramène; il le prend par la main,
et l'emmène avec lui.*)

Fin du troisième Acte.

---

203   Var. ms.: 'Je vais faire appeler mon Avocat aussi.'.

ACT IV

SCENE PREMIERE

ALCESTE, *se levant et s'asseyant avec inquiétude*; DUBOIS.

DUBOIS.

Je ne puis m'en cacher, foi d'honnête valet,
Je ne contredis point et veux ce qui vous plaît;   1190
Mais vous vous faites mal, par ces façons de vivre;
Voulez-vous vous tuer, vous n'avez qu'à poursuivre.

ALCESTE.

Que viens-tu me conter? Qu'on me laisse en repos.

DUBOIS.

Je vous conte, Monsieur, des choses à propos.
[204]Départ précipité, poste et mauvaise route,   1195
Et d'un; ce sont deux nuits que tout cela vous coûte.
Vous passez la troisième à ranger vos papiers;
Et celle-ci fait quatre: oui, quatre jours entiers
Que vous n'avez dormi. et de quelle manière
Avez-vous donc encor passé la nuit dernière?[205]   1200

---

204   Vers supp. ms.: 'La poste et les chemins vous coûtent deux nuits franches
       Ce qui dans tout pays veut dire deux nuits blanches.'.
205   Var. ms.: 'Encore avez-vous donc passé la nuit dernière?'.

[206]Debout, assis, debout; c'est un métier d'enfer:[207]
Monsieur, pensez-y-bien; le corps n'est pas de fer.

ALCESTE.

As-tu bientôt fini ton fâcheux bavardage?

DUBOIS.

Non, Monsieur; battez-moi si vous voulez. J'enrage
De vous voir ménager si peu votre santé;   1205
Et toujours pour autrui, par excès de bonté.
Rendre service? Oui da; fort bien! je vous admire;
Mais il faut du repos; et je dois vous le dire.

ALCESTE.

Peste soit de ta langue! et ton maudit babil...

DUBOIS, *calant.*

Allons, allons...   1210

ALCESTE.

        Dubois?

DUBOIS.

          Monsieur?

ALCESTE.

             Quelle heure est-il?

DUBOIS.

Neuf heures du matin.

ALCESTE.

         Déjà? Comment, encore

---

206   Vers supp. ms.: 'On vous parle, néant, vous ne m'écoutez pas
        Vous vous levez soudain et courez à grands pas
        Toujours gesticulant sans que rien vous arrête [sic]
        Des deux mains tour à tour vous vous frappez la tête.'.
207   Var. ms.: 'Allons, deça delà, c'est un métier d'enfer:'.

Ils ne sont pas venus? Long-tems avant l'aurore
Ils avaient projetté d'être ici de retour.

DUBOIS.
Il fallait vous coucher, et vous lever au jour.

ALCESTE.
Ah! pour le coup... Vois donc... J'entends une voiture.   1215

DUBOIS.
Irai-je voir?
ALCESTE.
Oui, cours.

DUBOIS, *allant et revenant.*
J'y vais... Par aventure,
Si ce sont eux, faut-il leur dire...

ALCESTE.
Que j'attends.

DUBOIS, *de même.*
Bien... Je ne dirai pas que c'est depuis long-tems?

ALCESTE.
Non.

DUBOIS, *va.*
(*Il revient*)
Qui dois-je avertir, Monsieur, de votre attente?
Est ce Monsieur Philinte, ou Madame Eliante?..   1220

ALCESTE.
Ah! que d'amusement![208] Veux-tu bien décamper?

---

208   A comparer avec *Le Misanthrope*, IV iv, 1440 ('Ah! que d'amusements!').

DUBOIS.

Tout ceci, c'est Monsieur, de peur de me tromper.
Les voilà tous les deux...

ALCESTE.

Allons, sors donc.

(*Dubois sort.*)

SCENE II

ELIANTE, ALCESTE, PHILINTE.

ALCESTE, *allant prendre Eliante, qu'il conduit dans un fauteuil.*
Madame,
Voici des embarras fâcheux pour une femme:
Et des peines d'esprit plus cruelles encor,   1225
Pour vous sur-tout, pour vous qui n'avez aucun tort,
Qui méritez si peu cet accident sinistre.
Et bien! qu'a dit, qu'a fait, que pourra le ministre?
Ce brave homme, je crois, n'a pas vu sans douleur,
Sans un vif intérêt votre cruel malheur?   1230

PHILINTE.

Nous n'avons fait tous deux qu'un voyage inutile.

ALCESTE.

Comment donc?

ELIANTE, *se levant.*
Cher Alceste, il est assez facile
D'imaginer la part et l'intérêt que prend
Mon oncle, à cette affaire: il est fort bon parent.
Mais trop tard, en effet, nous implorons son aide.   1235
Votre moyen d'hier était un sûr remède,[209]
Tant que votre Avocat, par un concours heureux,

---

209   Var. ms.: 'Votre moyen d'hier était un bon remède,'.

Avait entre ses mains ce billet dangereux;
Mais aujourd'hui qu'il est entre les mains d'un autre,
Dans le parti du fourbe et trés-contraire au nôtre,   1240
[210]Mon oncle nous a dit et clairement fait voir
Que, même sans blesser les lois ni son devoir,
S'il prêtait à nos voeux sa secrète entremise,
On pourrait l'accuser d'une injuste entreprise,
Que nos vils ennemis feroit sonner bien haut   1245
Pour appuyer leur cause et nous mettre en défaut.[211]
[212]Et l'honnête Avocat, qui nous servait de guide,
L'a trouvé, comme moi, plus prudent que timide.

ALCESTE.
Mon avis est le même... et qu'en avez-vous fait
De mon cher Avocat?   1250

ELIANTE.
Oh! bien cher en effet.

ALCESTE.
A travers les soucis que ce moment prépare,
Madame, convenez que c'est un homme rare.

ELIANTE.
Homme rare en tout point, et par sa probité,
Par son grand jugement, par sa simplicité,
Et sa science claire à quiconque l'écoute,   1255
Et qui nous a frappés durant toute la route.

---

210   Vers supp. ms.: 'Aujourd'hui qu'un procès à la hâte intenté
      Va rendre ce Robert encor plus effronté
      Par les mauvais conseils et l'appui que deploye
      Son rusé deffenseur qui ménage une proye,'.
211   Var. ms.: 'Pour embellir leur cause et nous mettre en défaut.'.
212   Vers supp. ms.: 'Qu'il ne faut pas douter que son zèle sincère
      N'éclate cependant dans toute cette affaire
      Qu'il se propose bien touchant ce faux billet
      De mander avant peu le procureur Rolet
      Pour dêmeler d'abord avec art et prudence
      Le vrai but des fripons et leurs fonds d'espérance.
      De ces sages raisons qu'il fait intervenir
      Mon esprit en effet ne peut disconvenir,'.

ALCESTE.

Vous me faites plaisir. Qu'est-il donc devenu?

PHILINTE.

Avant notre retour, un projet m'est venu,
Et je l'ai supplié de prendre un peu l'avance,[213]
De venir à Paris, lui seul en diligence,   1260
Pour parer à la hâte à tout fâcheux éclat.

ALCESTE.

Quel est donc ce projet?

SCENE III

ELIANTE, ALCESTE, DUBOIS, PHILINTE.

DUBOIS, *annonçant*.
Monsieur votre Avocat.

ALCESTE.

Bon! qu'il entre...
(*Dubois sort*.)

SCENE IV

ELIANTE, ALCESTE, PHILINTE.

ALCESTE, *à Eliante*.
Madame, un pénible voyage
Vous a fort fatiguée; et je trouverais sage
Qu'en votre appartement, pendant tout ce propos,[214]   1265
Vous allassiez enfin prendre un peu de repos,
De ce qu'on aura fait nous saurons vous instruire.

---

213   Var. ms.: 'Et je l'ai supplié de prendre quelque avance,'.
214   Var. ms.: 'Qu'en votre appartement durand [sic] tout ce propos,'.

PHILINTE.

Il a raison, Madame; allez...

ELIANTE.

Je me retire.

(Elle sort.)

SCENE V

ALCESTE, L'AVOCAT, PHILINTE.

L'AVOCAT, *à Philinte.*

Rolet n'est pas chez lui. J'ignore la raison
Qui, de si grand matin et hors de sa maison,   1270
L'occupe et le retient avec inquiétude;
Car c'est-là ma remarque au train de son étude,
On l'attend, il y doit rentrer: et j'ai laissé,
Pour l'appeler céans, un billet très-pressé.[215]
S'il vient, nous en aurons du moins ce bon augure,   1275
Qu'il s'attend à traiter en cette conjoncture.

ALCESTE.

Quel est ce traitement dont vous voulez parler?

L'AVOCAT.

Monsieur se résoudrait, dit-il au pis aller,
En ce moment fâcheux, à faire un sacrifice.

ALCESTE, *à Philinte.*

Perdez-vous la raison? Les lois et la justice!   1280
Lorsqu'en un tel procès on se trouve engagé,
Le vice impunément sera-t-il ménagé?
Perdez tout votre bien, plutôt qu'en sa faiblesse
Désavouant l'honneur et la délicatesse,
Votre coeur se résigne au reproche effrayant,[216]   1285

---

215   Var. ms.: 'Pour l'appeler céans, un billet fort pressé.'.
216   Var. ms.: 'Votre timide coeur puisse te reprocher,'.

D'avoir encouragé le crime en le payant.[217]
Que le crime poussé jusqu'à cette insolence,[218]
Du glaive seul des lois tienne sa récompense![219]
Et ne lui donnons point par la timidité,[220]
L'espoir d'aucun triomphe ou de l'impunité.[221]　　　　　1290

L'AVOCAT, *à Philinte.*
Vous voyez, au parti que l'amitié conseille,
Que son opinion à la mienne est pareille.
Je vous l'ai dit, Monsieur; un accommodement
Est un sage moyen que l'on suit prudemment,
Quand d'une et d'autre part, avec pleine assurance,[222]　　　1295
On peut d'un droit réel établir l'apparence;
Et la faiblesse même alors peut, je le crois,[223]
S'applaudir d'acheter la paix par quelques droits;
Mais tout ce que Monsieur vient de vous faire entendre,
Est ici, sans détour, le parti qu'il faut prendre.[224]　　　1300
C'est mon avis sincère; et je ne doute point
Qu'en vous en écartant dans le plus petit point,
Que si vous exigez que j'entame et ménage
Un traité, toujours fait avec désavantage,
On n'aille l'exiger ou fâcheux par le prix,　　　　　　　1305
Ou fatal à vos droits pour l'avoir entrepris.

PHILINTE.
Et dois-je tout risquer, Monsieur?

L'AVOCAT.
　　　　　　　　　　　　J'ose répondre
Que le fourbe saura lui-même se confondre;

217　Var. ms.: 'Que vous payez le crime afin de se cacher.'.
218　Var. ms.: 'Quand le crime paraît avec cette insolence,'.
219　Var. ms.: 'Que du glaive des loix il tienne son silence!'.
220　Var. ms.: 'Et ne lui donnons pas par la timidité,'.
221　Var. ms.: 'L'espoir d'aucun triomphe et de l'impunité.'.
222　Var. ms.: 'Quand d'une et d'autre part, avec quelque assurance,'.
223　Var. ms.: 'Et la faiblesse même alors peut, quelquefois,'.
224　Var. ms.: 'Est ici, sans détour, le chemin qu'il faut prendre.' ('Le chemin' est rayé dans le manuscrit).

En marchant droit à lui nous saurons le braver,[225]
Et sa friponnerie enfin peut se prouver. 1310
Hier, j'en craignais bien plus l'effet et l'importance;
Mais attentivement j'ai lu votre défense,
Les lettres, les états et les comptes nombreux
Qui parlent clairement contre ce malheureux.
L'affaire est, je le sais, longue et désagréable... 1315

PHILINTE.

Voilà précisément la crainte qui m'accable:
Et quand je considère, avec attention,
Le fardeau qui m'attend en cette occasion,
Tant de soins à porter, d'intérêts à restreindre,
De gens à ménager et d'ennemis à craindre, 1320
Tant de travail, de gêne et d'ennuyeux propos,
Je veux d'un peu d'argent acheter mon repos.

ALCESTE, amèrement.

Oui, suivez ce projet; et, quoiqu'il me déplaise,
Vous mettez mon humeur et mon esprit à l'aise.
[226]Vos jours voluptueux mollement écoulés 1325
Dans cet affaissement dont vous vous accablez,
Ce goût de la paresse où la froide opulence[227]
Laisse au morne loisir bercer son indolence,[228]
Sont les fruits corrompus, qu'au milieu de l'ennui
L'égoïsme enfanta; qui remontent vers lui, 1330
Pour en mieux affermir le triste caractère.

---

225 Var. ms.: 'En marchant droit à lui nous pourrons le braver,'.
226 Vers supp./var ms.? [l'ordre exact de ces vers et leur rapport avec ceux de l'édition n'est pas clair
    dans le manuscrit]:
    'L'indolente paresse est le but caressé
    Et la punition d'un coeur froid et glacé.
    Punissiez-vous vous même, oui grace au cours des choses
    [Var: J'aurais beaucoup à dire et grace au cours des choses]
    Le vice et son salaire enfin des mêmes causes
    Tirent leur force ensemble et dérivent toujours.
    Ecoutez vos penchans et suivez-en le cours.
    Faites, faites, Monsieur.'.
227 Var. ms.: 'Ce goût de la paresse où faible et languissante'.
228 Var. ms.: 'S'abandonner à loisir votre vie indolente,' (il s'y trouve une syllabe de trop).

Mais aussi de ces fruits dérive leur salaire.[229]
Votre âme est tout orgueil, votre esprit vanité,
La hauteur elle seule est votre dignité.[230]
Du reste, anéantis, sans feu, sans énergie,   1335
Vous immolez l'honneur à votre léthargie;
Et dupes des méchans vous savez, sans rougir,
Marchander avec eux un reste de plaisir.
[231]Faites, faites, Monsieur.

PHILINTE.

Hé! mon Dieu, cher Alceste,
Délivrons-nous soudain d'un embarras funeste,   1340
Et donnons-nous le temps de suivre, à son signal,
La fortune propice à réparer le mal.
(*A l'Avocat.*)
Vous Monsieur, je vous prie, arrangez cette affaire.

SCENE VI

ALCESTE, L'AVOCAT, DUBOIS, PHILINTE.

DUBOIS, *avec humeur.*
Ce Monsieur,...Procureur...il est là.

L'AVOCAT.
Je vais faire
Tout ce qui dépendra de moi dans ce moment.   1345

ALCESTE, *indigné.*
Ah! je ne reste point à cet arrangement.[232]
Ce serait pour mon coeur un chagrin trop sensible,
Que l'aspect d'un pervers, qui, d'une âme paisible,

---

229 Var. ms.: 'Mais aussi de ces fruits dérivent leur salaire.' (la version de la première édition est
     grammaticalement correcte).
230 Var. ms.: 'La sottise elle seule est votre dignité.'.
231 Vers supp. ms: 'Ainsi toujours ainsi dans un [?cours] légitime
     L'instrument du désordre en devient la victime.'.
232 Var. ms.: 'Ah! je n'assiste point à cet arrangement.'.

Et sous cape riant des affronts qu'il a faits,
En triomphe remporte un prix de ses forfaits.   1350
(*Il sort.*)

SCENE VII

L'AVOCAT, DUBOIS, PHILINTE.

PHILINTE.

Je le suis, pour calmer cette humeur trop hautaine.
De grace, terminez ce débat et ma peine.
(*Il sort en faisant signe à Dubois, qui a attendu, d'introduire le Procureur.*)

SCENE VIII

L'AVOCAT, LE PROCUREUR.

LE PROCUREUR.

Sur un billet de vous, que chez moi j'ai trouvé,
Malgré tout ce qui m'est en ces lieux arrivé,
J'ai bien voulu, Monsieur, toujours bon, franc, honnète,   1355
Avec vous cependant risquer un tête à tête.[233]
Voyons, expliquez-vous, que voulez-vous de moi?

L'AVOCAT.

Monsieur, connaissez-vous la probité, la foi,
La conduite, les moeurs et les moyens de l'homme
Qui réclame, en ce jour, une aussi forte somme?[234]   1360

LE PROCUREUR.

Ce n'est point mon affaire, et son titre suffit.

---

233   Var. ms.: 'Avec vous, sans retard, risquer un tête à tête.'. La version Ms. ACF est conforme à la
       première édition.
234   Var. ms.: 'Qui réclame, en ce jour, une si forte somme?'. La version Ms. ACF est conforme à la
       première édition.

L'AVOCAT.
Si l'on vous prouve le faux, et l'erreur de l'écrit,...[235]

LE PROCUREUR.
C'est ce qu'il faudra voir...

L'AVOCAT.
J'ai de sûres épreuves
Des tours de ce Robert...[236]

LE PROCUREUR.
Vous en auriez cent preuves,
Que m'importe?.. Qu'il soit honnête homme ou fripon,   1365
Je m'en moque, dès lors que le billet est bon.

L'AVOCAT.
Il ne l'est pas.

LE PROCUREUR.
Chansons!

L'AVOCAT, *sévèrement.*
Malgré vous et les vôtres,
On vous fera bien voir...

LE PROCUREUR.
Bah! j'en ai vu bien d'autres.[237]

L'AVOCAT.
Et moi, je me fais fort de prouver...

LE PROCUREUR.
Vous?

---

235   Var. ms.: 'Si l'on prouve le faux et l'erreur de l'écrit,...'. La version Ms. ACF est conforme à la
      première édition, qui est en fait incorrecte, puisqu'elle contient une syllabe de trop.
236   Var. ms.: 'De tours de ce Robert...'. La version Ms. ACF est conforme à la première édition.
237   Var. ms.: 'Bah! j'en ai bien vu d'autres.'. La version Ms. ACF est conforme à la première édition.

L'AVOCAT.

Oui, moi.

LE PROCUREUR.

Que veut dire ceci? Voyons: est-ce la loi   1370
Qui jugera l'affaire? Est-ce pour autre chose
Qu'ici je suis venu? Déclarez-en la cause.
Expliquez vous; j'ai hâte. En un mot si je viens,
C'est pour être payé, non pour des entretiens.

L'AVOCAT.

Hé bien, Monsieur, parlez. Dites votre pensée.   1375

LE PROCUREUR.

Qui, moi? je ne dis rien. Si la vôtre est pressée...

L'AVOCAT.

A la bonne heure; mais vous avez un pouvoir
Sans doute: proposez, Monsieur, nous allons voir.

LE PROCUREUR.

Proposer?

L'AVOCAT.

Oui, vraiment.

LE PROCUREUR.

Allons, plaisanterie!

L'AVOCAT.

Par-là, qu'entendez-vous?   1380

LE PROCUREUR.

Hé! non; je vous en prie,
Vous vous donnez, je crois, des soucis superflus.

L'AVOCAT.

Quoi!..

LE PROCUREUR.

Vous êtes rusé; l'on peut l'être encor plus.

L'AVOCAT.

Je ne vous comprends pas...

LE PROCUREUR.

Fi! donc; vous voulez rire.

L'AVOCAT.

En honneur...

LE PROCUREUR.

Allons donc.

L'AVOCAT.

Comment!

LE PROCUREUR, *saluant*.

Je me retire.

L'AVOCAT, *le retenant*.

Un mot encor, Monsieur, je puis vous assurer   1385
Que je suis sans détour. Pourquoi délibérer
Pour vous ouvrir à moi? pour me faire comprendre
Quel biais, après tout, ici, vous voulez prendre?[238]

LE PROCUREUR, *avec audace*.

Je ne biaise point; jamais, en aucun cas.
Et je vous dis bien haut, comme à cent Avocats,   1390
Eussent-ils tous encor mille fois plus d'adresse,
Que je ne fus jamais dupe d'une finesse.
Vous êtes bien tombé, de vouloir en ces lieux

---

238   Var. ms.: 'Quelle sorte de biais enfin vous voulez prendre?'. La version Ms. ACF est conforme à la
       première édition.

Tendre à ma bonne foi des pièges captieux;[239]
Ah! je vous vois venir! vraiment je vous la garde: 1395
Oui, sans doute, attendez qu'ici je me hazarde
A vous offrir un tiers ou moitié de rabais;
Que j'aille innocemment donner dans vos filets,
Et séduit par votre air, qui me gagnera l'âme,[240]
Convenir plus ou moins des droits que je réclame;   1400
Tandis que, mot à mot, du cabinet voisin,
Des témoins apostés en tiendront magasin;
Tandis que finement deux habiles Notaires
Y dresseront un texte à tous vos commentaires.
Je vous le dis, Monsieur; mais pour vous faire voir   1405
Que je connais la ruse autant que mon devoir,
(*Se tournant vers le fond et les portes, et criant:*)
Au reste le billet est bon, la cause est bonne;
Tablez bien là-dessus, et je ne crains personne.

LENGTH CENTER

L'AVOCAT, *honteux et stupéfait.*
Mais, sur ce pied, pourquoi venir dans la maison?

LE PROCUREUR.
Si vous êtes si fin, devinez ma raison.   1410

L'AVOCAT.
Je ne connus jamais cet art, ni ce langage.

LE PROCUREUR.
Cette raison pourtant est bonne; c'est dommage.

L'AVOCAT.
Il suffit; je ne veux, ni le dois la savoir.

---

239   Var. ms.: 'Me tendre adroitement un piège captieux;'. La version Ms. ACF est conforme à la
       première édition.
240   Var. ms.: 'Et séduit par vos soins qui me gagneront l'âme,'. La version Ms. ACF est conforme à la
       première édition.

LE PROCUREUR.

On me tient pour m'entendre, et moi, je viens pour voir. [241]

L'AVOCAT.

Finissons, s'il vous plaît, un débat qui m'assomme. [242]   1415

LE PROCUREUR.

Adieu donc; on m'attend. Serviteur... [243]

(*A part.*)

                    Le pauvre homme! [244]

(*Il sort.*) [245]

SCENE IX

L'AVOCAT, *seul.*

Et je lui céderais? Un malhonnête agent,
Maître par sa vigueur d'un esprit négligent,
Mettrait donc à profit son coupable artifice,
Et l'équité timide obéirait au vice?   1420
Non, non, Je lui résiste; et si l'on ne m'en croit,
Je ne partage pas l'affront fait au bon droit.

SCENE X

ALCESTE, L'AVOCAT, PHILINTE.

L'AVOCAT, *en allant à eux.*

Inutile espérance! et ressource impossible!
Je n'ai vu qu'un coeur faux et qu'une âme insensible.

---

241   Ms. ACF: 'On me tient pour m'entendre; et moi, je viens pour voir'. La version Ms. BN est
        conforme à la première édition.
242   Var. ms.: 'Finissons, s'il vous plaît, car ce débat m'assomme.'. La version Ms. ACF est conforme à
        la première édition.
243   Var. ms.: 'Adieu donc, au revoir, Serviteur!'. La version Ms. ACF est conforme à la première
        édition.
244   Var. ms.: 'Le digne homme!'. La version Ms. ACF est conforme à la première édition.
245   Ici se termine le rôle du Procureur, et ainsi le texte du manuscrit des Archives de la Comédie
        Française.

(*A Philinte.*)
Et si dans vos projets, Monsieur, vous persistez,   1425
Epargnez-moi l'aspect de tant d'iniquités.
J'ignore à quels égards une morale austère
Etend d'un Avocat le noble ministère.
Mais lorsque je balance en cette affaire-ci,[246]
La droiture tremblante implorant la merci   1430
Du fourbe qui l'opprime, et le fourbe perfide[247]
Qui montre à l'immoler une audace intrépide,[248]
Il ne me reste plus dans ma confusion
Qu'à fuir pour dévorer mon indignation.

SCENE XI

ALCESTE, DUBOIS, L'AVOCAT, PHILINTE.

DUBOIS, *accourant effrayé, à Alceste.*
Ah! Monsieur, qu'est ceci? voici bien des affaires.   1435

ALCESTE.
Quoi donc?

DUBOIS.
Tout est perdu.

ALCESTE.
Maraud! si tu diffères...

DUBOIS.
Sauvez-vous.

ALCESTE.
Et pourquoi?

---

246   Var. ms.: 'Mais quand je considère en cette affaire cy,'.
247   Var. ms.: 'Du méchant qui l'opprime, et le mechant perfide'.
248   Var. ms.: 'Immoler son jouet d'une audace intrépide'.

DUBOIS.

C'est qu'il faut vous sauver.

ALCESTE.

Qu'est-ce à dire?

DUBOIS.

A l'instant.

ALCESTE.

Veux-tu bien achever.

DUBOIS.

Si j'achève, Monsieur, on vous prend tout-à-l'heure.[249]

ALCESTE.

Qui me prendra? Dis donc?   1440

DUBOIS.

Quittez cette demeure.

ALCESTE.

Impertinent, au diable! avec tous ces transports...

DUBOIS.

Les escaliers sont pleins d'Huissiers et de Recors.

ALCESTE.

Que dis-tu?

DUBOIS.

L'on vous cherche... Ah! je les vois paraître.
Une autre fois, Monsieur, vous me croirez peut-être?[250]

---

249   Var. ms.: 'Mais, Monsieur, si j'achève on vous prendra sur l'heure.'.
250   Var. ms.: 'Monsieur, une autre fois, vous me croirez peut-être?'.

SCENE XII

ALCESTE, UN COMMISSAIRE, UN HUISSIER, L'AVOCAT,
PHILINTE, UN GARDE DU COMMERCE, RECORS, DUBOIS.

ALCESTE.

Que vous plaît-il, Messieurs?.. parlez donc... avancez...[251]   1445

LE COMMISSAIRE.

Je demande céans, Monsieur de Valancés.

PHILINTE.
C'est moi.

LE COMMISSAIRE.

Je viens, Monsieur, et comme Commissaire,
Pour veiller au bon ordre, et non pour vous déplaire;
Je viens, dis-je, appellé par ma commission
Pour assister Monsieur,   1450
(*Montrant l'huissier.*)
          dans l'exécution
De certaine sentence, à l'effet de capture,[252]
Dont il va sur le champ vous faire la lecture.[253]

PHILINTE.

Quelle est cette insolence? Osez-vous bien, chez moi,[254]
Venir avec éclat remplir un tel emploi?

LE COMMISSAIRE.

Monsieur!.. Je vais par-tout où la loi me réclame.   1455

L'AVOCAT, *à Philinte.*

Modérez, s'il vous plaît, les transports de votre âme.

---

251   Var. ms.: 'Que voulez-vous, Messieurs?...parlez donc... avancez....'.
252   Var. ms.: 'De certaine ordonnance, à l'effet de capture,' ('sentence' est rayé dans le manuscrit).
253   Var. ms.: 'Dont l'huissier à l'instant va vous faire lecture.'.
254   Var. ms.: 'Quelle est cette insolence? Osez-vous bien, chez moi,'.

Eclaircissons la chose, et nous verrons après.

ALCESTE, *à l'Huissier.*

Eh bien! lisez, Monsieur. Voyons ces beaux secrets.[255]

L'HUISSIER, *caricature; il met ses lunettes, et lit.*

'A vous, et caetera... Très-humblement supplie
'Ignace-André Robert, disant qu'avec folie   1460
'Au sieur de Valancés il prêta, dans un tems,
'La somme ou capital de six cent mille francs,
'Dont billet dudit sieur joint à cette requête.
'Sur l'avis que déjà, par un trait malhonnête,
'Le susdit débiteur a quitté son hôtel,   1465
'Et ce secrétement: dont un regret mortel
'Survient au suppliant, craintif pour sa créance;
'Qu'en outre, par abus de trop de confiance,
'Le sieur de Valancés, de ruse prémuni,
'A pris son domilcile en un hôtel garni;   1470
'Lequel dit sieur encor, pendant la nuit obscure,
'A fait, pour s'évader, préparer sa voiture.'[256]

ALCESTE.

Quelle horreur!

PHILINTE.

Juste ciel!

ALCESTE.

Fut-on plus effronté!
Et comment ose-t'on de tant de fausseté
S'armer insolemment en face de son Juge!   1475

L'AVOCAT.

Contre de pareils traits, il n'est point de refuge.

---

255   Var. ms.: 'Eh bien! Lisez, Messieurs. Voyons ces beaux secrets.'.
256   Var. ms.: '"A fait, pour décamper, préparer sa voiture."'.

L'HUISSIER.

Vous plaît-il d'écouter le reste?

L'AVOCAT.

Poursuivez.

L'HUISSIER, *lit.*

'Pour que du Suppliant les droits soient préservés,
'Vu l'urgence du cas, péril en la demeure,
'Qu'il vous plaise ordonner que, sans délai, sur l'heure,   1480
'Il sera fait recherche, avec gens assez forts,
'Dudit sieur Valancés; à l'effet, et par corps,
'D'assurer lesdits droits, et ce, sans préjudice
'De la saisie entière, et par mains de justice,
'De tous ses biens, ainsi qu'il pourrait arriver,   1485
'Par-tout où se pourront lesdits biens se trouver.
'Signé, Rolet.' et suit, par forme de sentence,[257]
Appointement, qui donne, au gré de l'Ordonnance,
Loisir d'exécuter le susdit contenu.
Signifié par moi, *Boniface Menu.*   1490

ALCESTE.

Eh bien! que vous faut-il après ce verbiage!

L'HUISSIER.

Les six cent mille francs, sans tarder davantage,
Ou que Monsieur nous suive à l'instant en prison.

PHILINTE.

Marauds! voulez-vous bien sortir de ma maison?

LE COMMISSAIRE, *s'interposant.*

Monsieur!.. ah! point de bruit.   1495

ALCESTE, *à l'Avocat.*
                    Quel moyen faut-il prendre!

---

257   Var. ms.: 'Et cetera; plus bas par forme de sentence,'.

L'AVOCAT.

Vers le Juge avec eux, je crois qu'il faut nous rendre.²⁵⁸

PHILINTE, *à l'Avocat.*

Qui, moi, Monsieur?

L'AVOCAT.

²⁵⁹Vous-même. Observez, s'il vous plaît,
Que le Juge a parlé sur la foi de Rolet.
Sur son faux exposé, la justice en alarmes,
Protège le mensonge et ses perfides larmes.   1500
Rolet, dans sa requête, avec dextérité,
Donne à sa fourberie un air de vérité.
Vous quittez votre hôtel pour prendre cet asyle,
Il vous montre rusé, même sans domicile;
Vous allez à Versaille, il vous peint fugitif,   1505
La chose presse, il faut vous avoir mort ou vif.
Il tait adroitement la qualité de Comte;
Rien n'arrête Rolet. Par une fausse honte,
Ne résistez donc plus; et la conclusion,²⁶⁰
Au pis, sera, Monsieur, de donner caution.²⁶¹   1510

ALCESTE, *vivement.*

Ah! sans aller plus loin, je présente la mienne.²⁶²

PHILINTE.

Ami trop généreux!..

L'HUISSIER.

Oh! qu'à cela ne tienne.

En blanc, j'ai pour ceci des actes différens.
(*Il les tire de son cornet.*)
Monsieur peut se nommer; s'il est bon, je le prends.

---

258   Var. ms.: 'Vers le Juge avec eux, je crois qu'il faut se rendre.'.
259   Les vers qui commencent par 'Vous-même observer...' et finissent par 'Par une fausse honte'
      (l. 1508) ne paraissent pas dans le manuscrit de la Bibliothèque Nationale.
260   Var. ms.: 'Et là sur l'apposition,'.
261   Var. ms.: 'On pourra seulement demander caution.'.
262   Var. ms.: 'Mais sans aller plus loin, je présente la mienne.'.

L'AVOCAT, *prenant la formule en blanc.*
Donnez. Monsieur est bon.   1515
(*Il écrit.*)

ALCESTE.
Mettez le Comte Alceste.

LE COMMISSAIRE.
Qui, vous, Monsieur?

ALCESTE.
Oui, moi.

LE COMMISSAIRE, *à l'Huissier et au Garde.*
Je vous promets, j'atteste
Que les biens de Monsieur passent un million.

L'HUISSIER, *à Alceste.*
Signez.

ALCESTE.
Avec plaisir.
(*Il signe, et l'Huissier prend l'acte.*)

LE COMMISSAIRE, *à Alceste.*
Après cette action,
Vous me pardonnerez au moins, Monsieur le Comte,
Un éclaircissement qui vraiment me fait honte.   1520
Vous vous nommez Alceste?

ALCESTE.
Oui, sans doute.

LE COMMISSAIRE.
Seigneur
Du lieu de Mont-Rocher.

ALCESTE.
Justement.

LE COMMISSAIRE.
En honneur!
Vous me voyez confus, on ne peut davantage.
Pourquoi m'a-t-on choisi pour un pareil message?

ALCESTE.
De quoi donc s'agit-il?   1525

LE COMMISSAIRE.
J'arrive cette nuit
De votre seigneurie, ou, sans éclat, sans bruit,
En vertu d'un décret, j'avais été vous prendre,
Et qu'ici j'exécute, à regret, sans attendre.

L'AVOCAT.
O grand Dieu!

PHILINTE.
Se peut-il?

DUBOIS.
Oh! le traître maudit!

LE COMMISSAIRE.
Monsieur, vous me suivrez?   1530

ALCESTE.
Oui-dà. Sans contredit.

PHILINTE.
Alceste! est-il bien vrai? quel accident terrible!

ALCESTE.
Quoi; Monsieur? Vous voyez enfin qu'il est possible
Que tout ne soit pas bien.

PHILINTE.
Après un pareil coup,
Je suis désespéré... Que faire?

ALCESTE.
Rien du tout.
(*Au Commissaire.*)
Monsieur, me voilà prêt. Menez-moi, je vous prie,   1535
Au Juge sans tarder.[263]
(*A l'Avocat.*)
Et vous, qui, pour la vie,
Serez mon digne ami, vous Monsieur, suivez-moi.
(*Se retournant vers Philinte.*)
Je ne m'en prends qu'au vice, et jamais à la loi.

Fin du quatrième Acte.

---

263   Var. ms.: 'Au juge sans délai.'.

ACTE V

SCENE PREMIERE

ELIANTE, PHILINTE.

PHILINTE.

Vous ne voulez donc pas absolument m'entendre,
Madame, ou feignez-vous de ne me pas comprendre?   1540
Ne parlé-je pas clair? Oui, je cours le hazard
De voir nos biens saisis, saisis de toute part;
Et comme de ces biens la plus grande partie,
Parce qu'elle est à vous, peut-être garantie,
Il est bon d'empêcher, et par provision,   1545
La gêne et le tracas de cette invasion.
Et si vous ne venez, oui, vous-même en personne,
Opposer à la loi les droits qu'elle vous donne,
Quand bien même nos voeux auraient un plein succès,
Il faudra soutenir la longueur d'un procès;   1550
Et si l'on saisit tout une fois, la chicane
Saura bien reculer ce que la loi condamne.
Vos droits seront très-bons, mais vos biens très-saisis.
Prévenons donc les coups que l'on aurait choisis.
L'active avidité nous entoure et nous presse.[264]   1555
Tant qu'il reste à jouir, caressons la paresse;
Mais quand de tous côtés on se voit investi,
Il faut bien se résoudre à prendre son parti.
Hâtons-nous donc, Madame, et prenons l'avantage.

---

264 Var. ms.: 'L'active activité nous entoure et nous presse'. Le manuscrit montre que Fabre avait
     pensé également mettre 'avide activité'.

Je compte vingt maisons à voir dans ce voyage; 1560
Notaires, Avocats, agens à prévenir,
La moitié de Paris ensemble à parcourir.

ELIANTE.

Je comprends très-bien. Mais, en mon âme éperdue,
Une voix plus puissante est encore entendue.
De vos précautions le but intéressant, 1565
Fût-il encor, Monsieur, mille fois plus pressant,
Je crois que les malheurs du généreux Alceste
Veulent nos premiers soins; notre intérêt le reste.

PHILINTE.

Que dites-vous, Madame, et quel est ce discours?
Lui fais-je, s'il vous plaît, refus de mes secours? 1570

ELIANTE.

Vous rentrez seulement, et vous venez de faire
Une assez longue absence...

PHILINTE.

Eh oui! pour mon affaire.

ELIANTE.

Et je vois que pour nous, inquiet, empressé,
A ce sincère ami vous n'avez pas pensé,
Ah! Philinte... 1575

PHILINTE.

Ecoutez; venez, chère Eliante:[265]
Je vous demande une heure, et vous serez contente.[266]

ELIANTE.

Ah! tout ce que j'apprends me frappe et m'attendrit;
Alceste, Alceste seul occupe mon esprit.

---

265   Var. ms.: 'De grâce! Hé bien venez Madame:'.
266   Var. ms.: 'Notre affaire finie, il a toute mon âme.'.

[267]Oubliez-vous si-tôt sa peine et ses services?
Avez-vous donc, pour lui, d'assez grands sacrifices?   1580
Mon ami, redoutez un peu moins vos dangers
A qui fait son devoir les maux sont plus légers.
Rappellez, croyez-moi, votre coeur à lui-même;
Et, malgré les efforts de ma tendresse extrême,
Ne laissez pas le soin à ma timide voix   1585
D'exciter l'amitié, d'en retracer les loix.
Elle parle à votre âme, écoutez ses murmures.
Laissez pour aujourd'hui dans leurs routes obscures
Les méchans préparer leurs inutiles coups.
Alceste à leur fureur vient de s'offrir pour vous;   1590
Et quand, d'une autre part, on l'attaque, on l'arrête,
Seriez-vous le premier à détourner la tête?
Allons le voir; peut-être attend-il notre appui.
Nous serons pour demain; mais Alceste aujourd'hui.

PHILINTE.

Demain sera-t-il tems de prévenir l'orage?   1595
Et demain cependant, avec double avantage,
Débarrassé de soins, d'un coeur plus affermi,
Je pourrai, sans retard, voler vers mon ami.

ELIANTE.

Vers votre ami, Monsieur! Comment, de votre bouche,
Ce nom peut-il sortir ainsi, sans qu'il vous touche?   1600
Et savez-vous quel sort le menace à présent?
Ce qu'on a fait de lui? ce qu'il fait? ce qu'il sent?
Ce dont il a besoin?.. Qu'il réclame peut-être?
Hé! devant lui, du moins, hâtons-nous de paraître;
Et s'il peut être vrai qu'on peut l'abandonner   1605
Qu'il ne puisse, Monsieur, du moins le soupçonner.
Sachez vous conserver l'honneur de son approche;
Que son premier regard ne soit point un reproche.

---

267   Vers supp. ms: 'Non, Monsieur, c'en est trop. L'amitié doit agir.
       Pourquoi me forcez vous à vous faire rougir?'.

PHILINTE.

Mais déjà près de lui j'aurais porté mes pas,
Je m'y rendrais encor... Mais ne voyez-vous pas   1610
Qu'une fois entraîné dans ses propres affaires,
Je m'interdis alors mille soins nécessaires?
Nécessaires pour vous? Mais vous vous refusez
A juger sainement de nos périls. Pesez,
Mais pesez donc, Madame, avec exactitude[268]   1615
La gêne, les soucis, l'ennui, l'inquiétude,
Qui vont nous assaillir, s'il faut que ma maison
Languisse sous l'effort de cette trahison.
Ah! cette crainte seule à l'instant me décide.
Partons, voyons nos gens...[269]   1620

ELIANTE.
     Ah! je suis moins timide.

Ou plus épouvantée et plus faible que vous.
Mais de ces deux périls le nôtre a le dessous.
Mais l'image d'un homme, innocent de tout crime,
Arrêté dans vos bras, où, noble et magnanime
Il se rend l'instrument de votre liberté,   1625
Qui, par un jeu cruel de la fatalité,
Se voit chargé des fers dont sa main vous délivre,
Que vous laissez aller tout-à-coup, sans le suivre,[270]
Que, depuis la douleur de ce coup imprévu,
Vous n'avez ni soigné, ni consolé, ni vu...   1630
Ah! Monsieur, cette idée...[271]

PHILINTE, *avec humeur.*
     Un peu de complaisance,

Madame, s'il vous plaît. J'ai de votre éloquence
Déjà plus d'une preuve, et d'assez bons garans,
Pour que, dans la chaleur de pareils différends,
Vous n'ayez pas besoin, soit zèle ou politique,   1635

---

268   Var. ms.: 'Pesez, Madame, avec exactitude' (il manque deux syllabes à ce vers).
269   Var. ms.: 'Partons et dans l'instant...'.
270   Var. ms.: 'Que vous laissez partir tout-à-coup, sans le suivre,'.
271   Var. ms.: 'Ah Monsieur, cette image...'.

D'en étaler l'éclat pour faire ma critique
Certes, vous m'étonnez dans vos façons d'agir,
Vos efforts ne tendront qu'à me faire rougir.
Et, lorsqu'à le bien prendre, on ne me voit sensible
Qu'à vos seuls intérêts; lorsqu'un amour visible   1640
Eclate assurément dans les soins d'un époux
Que cet époux enfin, épouvanté pour vous,
Veut, par délicatesse, épargner à son ame
L'aspect humiliant des chagrins d'une femme,
Cette gêne subite et ces privations,   1645
Que peut-être bientôt, en mille occasions,
Vous me reprocherez vous-même, à tout vous dire;[272]
Quoi! c'est alors qu'afin d'étaler votre empire,[273]
Vous affectez, ici, des soins compatissans?
Mais, Madame, après tout, comme vous, je les sens;   1650
Et vous voudrez, de grace, observer que peut-être,
Je suis tout-à-la-fois sensible, juste et maître.

ELIANTE, la larme à l'oeil.
Ah! Monsieur!..

PHILINTE.
Pardonnez à mon juste dépit,
Et suivons notre affaire, ainsi que je l'ai dit.[274]

ELIANTE, soumission douloureuse.
Allons, Monsieur...   1655

PHILINTE.
Allons, Champagne! mon carosse.
Nous allons commencer par le Banquier Mendoce.

---

272   Var. ms.: 'Vous me reprocheriez vous-même, à tout vous dire;'.
273   Var. ms.: 'Quoi! c'est alors que pour étaler votre empire,'.
274   Var. ms.: 'Et volons à nos soins ainsi que je l'ai dit.'.

SCENE II

ELIANTE, L'AVOCAT, PHILINTE.

ELIANTE, *courant à l'Avocat.*
Ah! Monsieur, vous voilà? quittez-vous notre ami?
Que fait-il?..

L'AVOCAT.
Sur son sort vos âmes ont gémi.
Mais je viens dissiper cette douleur cruelle,
Et vous apprendre, au moins, une bonne nouvelle.   1660
Il est en liberté.

ELIANTE, *avec transport.*
Se peut-il? Quel bonheur!

PHILINTE.
Heureux événement!

L'AVOCAT.
C'est ainsi que l'honneur
Et la noble pitié d'une âme généreuse,
Triomphent aisément d'une atteinte honteuse.
Il court au Magistrat, comme vous le savez: 1665
A peine devant eux sommes nous arrivés,[275]
(Ils étaient deux ensemble) on le plaint, on l'accueille,[276]
On l'instruit.[277] Sur le champ ouvrant son porte-feuille,[278]
Sans proférer un mot, mais l'oeil étincelant,
Votre ami leur remet un seul titre parlant,[279]   1670
Une lettre, où le style avec la signature,
Prouvent par quel motif et par quelle imposture,
Ses lâches ennemis ont osé, contre lui

---

275   Var. ms.: 'A peine devant lui sommes nous arrivés,'.
276   Var. ms.: 'Que ce digne vieillard qui le plaint et l'accueille,'.
277   Il n'est pas clair qui est le sujet ici. Serait-ce l'unique magistrat prévu dans le manuscrit?
278   Var. ms.: 'S'instruit de tout; alors ouvrant son portefeuille,'.
279   Var. ms.: 'Votre ami lui remet un seul titre parlant,'.

Surprendre le décret qui l'arrête aujourd'hui.
Cette preuve est si claire, entière, incontestable,   1675
Que le juge aussi-tôt, d'une voix formidable,
Atteste la justice, et promet d'amener
Devant elle celui qui l'osa profaner.
Vous, lui dit-il, Monsieur, soyez libre sur l'heure,[280]
Rendez la bienfaisance à sa noble demeure.   1680
Qu'on ose l'y poursuivre encore et l'outrager,
Soyez sûr que les loix viendront la protéger.
Après quelques discours et les égards d'usage,
Votre ami, d'un ton vif, le feu sur le visage,[281]
M'emmène; et sans parler de ce qu'il vient de voir,   1685
Remplissons, m'a-t'il dit, le plus sacré devoir.
Graces aux Ciel! je suis libre, et je puis, sans contrainte,
Inspirer aux méchans encore quelque crainte.
Ensemble allons trouver l'agent pernicieux
Qui poursuit nos amis.   1690

ELIANTE.
Est-il bien vrai? grands Dieux

L'AVOCAT.
Nous allons chez Rolet...Triste et bonne rencontre!
Robert à ses côtés à nos regards se montre.
'Le hasard est heureux, suivant ce que je vois,
Me dit Monsieur Alceste, en s'approchant de moi;
'Volez vers nos amis; ma funeste aventure   1695
'Doit les tenir en peine. Allez, je vous conjure;
'Rassurez-les bien vite; instruisez-les de tout;[282]
'Et, pour pousser enfin nos scélerats à bout,
'Revenez sur le champ avec Monsieur Philinte:
'Il peut faire à Robert mettre bas toute feinte.'[283]   1700
D'accord de ce projet, je viens donc vous chercher.[284]

---

280   Var. ms.: 'Et vous, dit-il, Monsieur, soyez libre sur l'heure,'.
281   Var. ms.: 'Votre ami, d'un air vif, le feu sur le visage,'.
282   Var. ms.: 'Consolez Eliante, instruisez-les de tout;'.
283   Var. ms.: 'Il peut faire à Robert inspirer de la crainte.'.
284   Var. ms.: 'D'accord de son projet, je viens donc vous chercher.'.

ELIANTE.

O secours généreux! ah! qu'il doit vous toucher,
Monsieur!..

L'AVOCAT.

Ne tardons pas; cet espoir qui nous reste...

PHILINTE.

Oui, mon carosse est prêt; venez...

SCENE III

L'AVOCAT, ELIANTE, ALCESTE, PHILINTE.

ELIANTE.
Que vois-je? Alceste!...

PHILINTE.

Est-ce vous, cher ami?...[285]   1705

ELIANTE, *avec sentiment, prenant les mains d'Alceste.*
Vous n'imaginez pas
Ma joie à vous revoir.

ALCESTE.
J'ai plaint votre embarras.
J'ai senti vos douleurs bien plus que mon outrage,
Madame, et des pervers si j'ai trompé la rage,
Je bénis mes destins, assez favorisés
Pour réparer les pleurs que je vous ai causés.   1710

PHILINTE.

Comment se pourrait-il?

---

285   Var. ms.: 'Cher ami, quoi? sitôt?...'.

ALCESTE, *criant d'exclamation cet hémistiche.*
Ecoutez! je vous prie.

L'AVOCAT.

J'ai tout dit...

ALCESTE.[286]

Poursuivons. Jamais, je le parie,
Il ne fut, dans le monde, un plus hardi méchant[287]
Que ce lâche Robert, jadis votre Intendant.
L'oeil fixe sur le sien, j'ai beau de cent manières   1715
Circonvenir son coeur; menaces ni prières
N'en viennent pas à bout; et sa perversité
Dans l'oeil de son agent puisant la fermeté,
Il m'ose tenir tête, avec une impudence,
A lasser mille fois la plus forte constance.   1720
Il fait plus; et prenant un langage imprévu,
Il m'ose, à moi, citer l'honneur et sa vertu.
Oh! morbleu! pour le coup la fureur me transporte.
Le fourbe veut sortir, j'empêche qu'il ne sorte;
Les efforts de Dubois à cette trahison,   1725
De ses bruyans éclats remplissent la maison.
On accourt, on survient. Le front rouge de honte,
J'implore, à cris pressés justice la plus prompte.
Bonne inspiration! puisque, dans le moment,
Un Commissaire, Archers, sont dans l'appartement.   1730
Ah! fourbe, je te tiens, dis-je avec véhémence!
Le misérable encor fait bonne contenance.
Mais je n'hésite point; et m'adressant alors

---

286   Vers supp. ms. [Les vers suivants paraissent dans le manuscrit, en marge de ce discours]:
      [un vers est illisible]
      'De sa perfection la nature jalouse
      Pour le bonheur de tous dispense ses bienfaits
      Mais nous ne sommes pas ce qu'elle nous a faits
      Mais libre cependant de nous rapprocher d'elle
      Ce n'est qu'en écoutant sa morale éternelle
      Que l'ordre se maintient dans la Société
      Et par la bienfaisance et par la vérité.'
      [cf v. 732 et suite].
287   Var. ms.: 'Il ne parut au monde un plus hardi méchant'.

A l'homme que la loi rend maître en ce discors:[288]
[289]'On a commis, lui dis-je, un faux abominable.   1735
'Dès long-tems la Justice a frappé le coupable;
'Nous avons de ce faux trente preuves en main,
'Il y va de la vie, et voici mon chemin.
'Si Robert à l'instant, à l'instant ne me donne[290]
'Le billet frauduleux, ainsi que je l'ordonne,   1740
'Comme faussaire, ici, je le livre à la loi;
'Je demande, je veux qu'on l'arrête avec moi;
'Qu'un emprisonnement, jusqu'au bout de l'affaire,[291]
'Au criminel des deux garantisse un salaire.
'C'est moi, moi, Comte Alceste, HOMME DE QUALITE.[292],[293]   1745
'Qui, sans aller plus loin, réclame ce traité.'
A ces mots, soutenus de ce que le courage
Peut donner d'énergie ainsi que d'avantage,
Le Procureur affecte un scrupuleux soupçon;
Robert épouvanté, fait bien quelque façon,   1750
Sous de vagues propos sa crainte se déguise.[294]
Mais infaillible effet qu'une ferme franchise
Qui va droit au méchant! il succombe à cela:[295]
On me rend le billet, et je l'ai; le voilà.
(*Il donne sèchement le billet à Philinte.*)

ELIANTE.
Cher Alceste! ô vertu! quel zèle magnanime!   1755

ALCESTE.
Pour vous, toujours, Madame, égal à mon estime.

---

288   *Sic.*
289   Les vers 1735 à 1738 (inclus) ne paraissent pas dans le manuscrit de la Bibliothèque Nationale.
290   Var. ms.: '"Si Robert à l'instant, lui dis-je, ne me donne'.
291   Var. ms.: 'Que notre liberté, jusqu'au bout de l'affaire,'.
292   Var. ms.: '"C'est moi, moi, Comte Alceste, HOMME DE PROBITE.'.
293   Note dans la première édition: 'On m'a reproché cette qualification HOMME DE QUALITE. Ce reproche est bien naïf. Je tiens ce titre, mis tout au bout du caractère et des efforts d'Alceste, comme une des bonne choses de la pièce. C'est ainsi que la vertu tire parti des préjugés.'. On peut se demander à quel moment Fabre a rajouté cette note; lorsque la pièce fut acceptée à la Comédie Française, c'est-à-dire, avant les événements de juillet 1789, à la suite de la première représentation en 1790, où au moment de préparer le texte pour la première édition de 1791?
294   Var. ms.: 'Sous de vains discours sa crainte se déguise.'.
295   Var. ms.: 'Qui va droit au méchant! on succombe à cela:'.

Et quant il éclatait, même hors de ces lieux,
Votre douleur, sans cesse, était devant mes yeux.

L'AVOCAT, *à Alceste.*
Combien de vos succès mon coeur vous félicite!

ALCESTE, *à l'Avocat.*
Je le crois. Voulez-vous, Monsieur, que je m'acquitte   1760
D'en avoir, par vos soins, obtenu le moyen?

L'AVOCAT.
Monsieur...

ALCESTE.
Soyons amis.

L'AVOCAT.
Ce fortuné lien...

ALCESTE.
L'acceptez-vous?

L'AVOCAT.
Monsieur, du plus vrai de mon âme.

ALCESTE.
Eh bien! libre aujourd'hui d'une poursuite infâme,
Je retourne à ma terre, y voulez-vous venir?   1765
C'est-là que l'amitié saura vous retenir:
Vous me convenez fort, nous y vivrons ensemble.

L'AVOCAT.
C'est un bonheur de plus, et...[296]

ALCESTE.
Tant mieux. Je ressemble[297]

---

296   Var. ms.: 'Je m'en fais un plaisir.'.
297   Var. ms.: 'Ah tant mieux. Je ressemble'.

A quantité de gens, et j'ai de grands défauts,
Vous les tempérerez, et j'aurai moins de maux.   1770

PHILINTE, *à Alceste.*
Digne ami,... Quoi!..

ALCESTE, *l'éloignant du geste, et avec un mépris tempéré de dignité.*
Monsieur, de ce nom je suis digne,[298]
Je le crois, Mais qu'ici votre coeur se résigne,
Pour jamais, à ne plus appartenir au mien,
Ni par aucun discours, ni par aucun lien.
Je vous déclare net, qu'à votre âme endurcie,   1775
Nul goût, nul sentiment et rien ne m'associe.
Je vous rejette au loin parmi ces êtres froids,[299]
Qui de ce beau nom d'homme ont perdu tous les droits,
Morts, bien morts dès long-tems avant l'heure suprême,
Et dont on a pitié pour l'honneur de soi-même.[300]   1780

ELIANTE.
Cher Alceste, il craignait qu'un imprudent secours...

ALCESTE.
Madame, avec regret, je lui tiens ce discours,
Mais nos noeuds précédens sont ma louable excuse.
Quand j'abjure un ami, jamais je ne l'abuse.
Je le lui dis encore; ce noeud m'était sacré.   1785
Mais je le romps, dès-lors qu'il l'a deshonoré.
Trop de bonheur encor, Madame, est son partage;[301]
Vous êtes son épouse. Ah! de cet avantage,
L'unique qui demeure à ses jours malheureux,
Puisse-t-il profiter, pour le bien de vous deux!   1790
Puisse la cruauté qu'il a pour ses semblables,
S'adoucir, chaque jour, par vos vertus aimables!

---

298   Var. ms.: 'Monsieur, oui je suis ami digne,'
299   Var. ms.: 'Je vous rejette au loin parmi ces hommes froids,'.
300   A comparer avec la renonciation du début du *Misanthrope*, 'Moi, votre ami? Rayez cela de vos
       papiers' (l. 8).
301   Var. ms.: 'Trop de bonheur encor lui demeure en partage;

La vertu d'une épouse est l'empire charmant,
Le plus doux, le dernier qui reste au sentiment.
Par ce voeu que je fais, lorsque je l'abandonne,[302]   1795
Il doit voir à quel prix ma tendresse pardonne.
Adieu; je pars, Madame, après cet entretien:
Qu'il regrette mon coeur, et se souvienne bien
Que tous les sentimens, dont la noble alliance
Compose[303] la vertu, *l'honneur, la bienfaisance,*   1800
L'équité, la candeur, l'amour et l'amitié,
N'existèrent jamais dans un coeur sans PITIE.
(*Il sort avec l'Avocat.*)

SCENE IV ET DERNIERE

ELIANTE, PHILINTE.

ELIANTE, *affectueusement, allant à Philinte.*
O, mon ami!

PHILINTE, *confondu.*
J'ai tort.

ELIANTE.
Ma tendresse demande
A vous dédommager d'une perte si grande.
Reposez-vous sur moi du soin de recouvrer   1805
Un ami si parfait, que nous devons pleurer.

Fin du cinquième et dernier Acte.

---

302   Var. ms.: 'Par ce dernier souhait, lorsque je l'abandonne,'
303   Var. ms.: 'Composent la vertu, *l'honneur, la bienfaisance,*'. La version de la première édition est correcte, puisque le sujet de la phrase est 'la noble alliance'.

Appendice 1

PROLOGUE DU PHILINTE DE MOLIERE, OU LA SUITE DU
MISANTHROPE

nec omnia, nec omnes mihi
Placuêre; quinam ego omnibus?

PERSONNAGES

L'AUTEUR du Philinte, sous le nom de DAMIS.
L'AMI de l'Auteur, sous le nom d'ACASTE.

La Scène est chez Damis.

DAMIS, ACASTE.

DAMIS.
Eh! bien, nous voilà seuls; parlez, expliquez-vous
Que voulez-vous de moi?

ACASTE.
D'abord point de courroux.
Je viens pour vous parler d'une importante affaire.

DAMIS.

J'écoute; hâtez-vous.

ACASTE.
Mais par préliminaire,
J'exige du sang-froid.

DAMIS.
Du sang-froid?

ACASTE.
Oui Damis.

DAMIS.
Acaste, ce n'est donc ni vous ni nos amis,
Ni la patrie enfin, que regarde la chose?

ACASTE.
Mais pas absolument.

DAMIS.
Quelle que soit la cause
Qui vous conduise ici, c'est fort bien; dépêchez.
Si des fourbes du tems, avec art, retranchés
Sous un air de douceur & de niaiserie,
Si de nos intriguans experts en flatterie,
Epiant l'homme-en-place & prônant sur ses pas,
Jusques dans ses erreurs, le bien qu'il ne fait pas,
Si de pareilles gens vous me parlez, Acaste,
Vous allez m'indigner. Mais parlez-moi du faste
Semé dans les propos de nos hardis jongleurs,
Ou des larmes d'amour de nos petits auteurs,
Ou de ces fiers géans qui, d'un air d'importance,
Pour lui lire un fable inviteroient la France;
C'est leur affaire; hélas! ils en ont bien le droit;
Comptez que vous allez me trouver de sang-froid.

ACASTE.

Non, ce dont il s'agit est d'une autre nature.
Damis, ces jours passés vous me fîtes lecture
De votre Philinte...

DAMIS.

Ah! Je vous devine.

ACASTE.
Au fait;

J'en fus, je vous l'avoue, à tel point satisfait,
Que, depuis ce moment, par-tout où je me trouve
D'un éloge pompeux...

DAMIS.
Et je vous désapprouve,

Non que de mon travail, & si l'on veut, de moi,
L'éloge bien senti, je suis de bonne foi,
Ne soit fait pour me plaire, & ne porte à mon âme
Ce prix de sentiment, qui me guide & m'enflamme.
Mais ne voyez-vous pas, par ce mal entendu,
Qu'avec nos charlatans me voilà confondu?
Voulez-vous donc qu'on dise & et que l'on me reproche
D'être comme ces gens dont la gloire est en poche?
Illustres à huis-clos! qu'un cercle officieux
Trouve toujours charmans, divins, délicieux?
Et c'est avec raison; car, de cette sentence,
Il étoit, en détail, convenu par avance.
Tout ouvrage, mon cher, ne doit être produit
Que par délassement, ou pour un noble fruit.
S'il est fait pour moi seul, c'est assez qu'il me plaise;
S'il est pour voir le jour, alors, bonne ou mauvaise,
Adressons au Public cette production,
Droit à lui, sans détours, sans autre ambition
Que d'être utile: heureux! si l'ouvrage prospère;
S'il ne réussit pas, toujours prêt à mieux faire,
Mais jaloux du renom plutôt que des talens,
Aller, par procureur, mendier des chalans,

Et sans cesse courant de ruse en turpitude,
S'emparer des oisifs & de la multitude,
Abuser le Public, arrher son jugement,
Pour faire un peu de bruit & régner un moment:
C'est le fait d'un Auteur qui quête à la tribune
Un fauteuil, pour en faire un char à sa fortune.

ACASTE.

Hé! que me dites-vous? Il n'est point de danger
Qu'avec de telles gens, je veuille vous ranger.
Me préserve le Ciel d'une telle bévue!
Votre franchise austère est d'abord trop connue:
Vous avez trop de coeur & pas assez de front,
Pour mériter de moi ce salutaire affront.
Je ne dis salutaire, au reste, je m'explique,
Que dans le sens connu de Messieurs de la clique,
A qui cette méthode est salutaire, au point
De remplacer chez eux les talens qu'ils n'ont point.
Quand je parle, en un mot, de vous, de vos ouvrages,
Je cherche du plaisir & non pas des suffrages.
Mais je reprends mon texte & prédis vos succès;
J'ai donné votre pièce au Théâtre François,
Et l'on va la jouer...

DAMIS.
Y pensez-vous? J'oppose....

ACASTE.
Quoi?

DAMIS.
De bonnes raisons pour empêcher la chose.
Je ne peux me résoudre à courir ce hazard.

ACASTE.
Pour cette pièce, enfin, que craindre?

DAMIS.

D'une part,

Son titre.

ACASTE.

Il est piquant.

DAMIS.

J'en conviens; mais de grace,
Comment l'entendez-vous? Piquant par mon audace?
Ou piquant par le choix?

ACASTE.

Vous jouez sur les mots.

DAMIS.

C'est l'arme des méchants & l'arguement des sots;
Il faut bon-gré-malgré, mon cher, y prendre garde;
A côté de Molière, enfin, je me hazarde.
Il est de bons esprits dont je crains peu la voix:
Trente que je connois & mille que je vois,
D'un zèle noble & pur s'enflammeront sans doute,
En me voyant tenter cette orageuse route.
'Faire parler *Philinte*, *Alceste* de nouveau!
L'ouvrage est périlleux, mais le projet est beau',
Diront-ils' & du moins nous pouvons en conclure
Que l'ami de Molière aime encor la nature;
Il a pu se méprendre & les mal imiter,
C'est une moindre erreur que de s'en écarter.
Voyons donc son ouvrage; &, d'une âme sincere,
Souhaitons à l'Auteur la force nécessaire
Pour atteindre à son but. Jusques au dénouement,
Depuis le premier mot, très attentivement,
Ecoutons les discours & la verve d'Alceste.
Et rejettons sur-tout cet usage funeste
De certains étourdis, qui, toujours affairés,

Veulent bien dans leurs cours les actes pséparés,[1]
L'illusion complette, au bout d'une méprise,
Pour jouir pas-à-pas d'une adroite surprise;
Ils y mettent pourtant une condition,
C'est de tout deviner dès l'exposition:
Bizarre empressement qui leur cause un supplice,
Dont ils tirent raison à force d'injustice.
Loin de nous cette erreur,' diront ces bons esprits.
Mais que dira l'envie & tant de gens aigris.
Par la seule raison qu'un autre ose entreprendre
Ce qu'ils ne peuvent pas & n'auroient pu comprendre?
'Venez-vous aux François?' dira le froid Arcas
Au doucereux *Philon* qu'il trouve sur ses pas;
'Auriez-vous deviné de suite au Misanthrope?
Est-il audacieux? J'ai fait son horoscope;
Détestable. Peut-on concevoir, s'il vous plaît,
Quelque chose à son titre? Oh! voici mon sifflet;
J'espère dans une heure en régaler Philinte.'
Pourquoi, répond *Philon*, d'un style de complainte,
Pourquoi donc le siffler? Son ouvrage suffit;
A mes bons affidés, dès long-tems je l'ai dit.
Ayez l'âme plus tendre. Hélas! si l'Auteur tombe
Je veux, aux yeux de tous, le pleurer sur sa tombe;
Et dès que, de la Scène, il va se voir exclus,
Vanter bien haut ses vers que l'on n'entendra plus.
Vous êtes trop méchant; soyez bon & sensible.'
Me voilà donc chargé d'un crime irrémissible.
Auprès de telles gens; Acaste, ils sont nombreux.
Mais voyez-vous encor cet essain[2] ténébreux
D'aveugles partisans, rangés sous leur bannière,
Qui, pour mieux me haïr, feignant d'aimer Molière,
Fanatiques menteurs de cet homme immortel,
M'immolent à leur haine au pied de son autel?
Non, non, épargnons-nous ces assauts détestables.

---

1   *Sic.*
2   *Sic.*

ACASTE.

Vous vous les figurez, Damis, trop redoutables;
Et qu'en pouvez-vous craindre, aprés tout, dites-moi?

DAMIS.

J'admire, en vérité, ce fonds de bonne foi.
Ne vous souvient-il plus de l'affreuse cabale,
Qui, par grouppes choisis, s'emparant de la Salle,
Au Théâtre François proscrivit, l'an passé[3]
Ma Pièce & son spectacle à peine commencé?
Aura t-on plus d'égard pour mon nouvel ouvrage?

ACASTE.

C'est par l'état du ciel qu'on juge de l'orage:
Des tems qui ne sont plus, distinguez le présent.
D'où provenoit enfin ce tumulte indécent,
Qui, sans frein ni raison, remplissant un Spectacle,
Au travail du Poëte apportoit un obstacle?
C'est que la liberté n'existoit nulle part,
Oui, nulle part en France, & que, grace à leur art,
Nos tyrans effrontés, dont vous savez le nombre,
Voulant ravir la chose & nous en laisser l'ombre,
Eux-mêmes excitoient un parterre imprudent,
Qui, fier de sa parole, en son aveuglement,
Se croyoit libre encor de ce que, sans contrainte,
Ses cris à tel Auteur pouvoient porter atteinte,
De ce que, hautement, sans s'être compromis,
Il avoit osé dire une fois son avis;
Et qu'après cet effort sublime & téméraire,
Il n'en rendoit pas compte au prochain Commissaire.
C'est la vérité pure; &, dans ce jeu cruel,
Le despotisme adroit, autant que criminel,
Trouvoit ce double fruit d'abuser ses victimes
Et d'épaissir le voile étendu sur ses crimes,
D'immoler les écrits, d'autant qu'ils étoient bons:
La clarté fut toujours la terreur des fripons.

---

3   Note dans la première édition: 'Le 7 Janvier 1789.   Voyez ma Préface du *Présomptueux, ou L'Heureux Imaginaire*, Comédie en cinq actes, jouée depuis, & restée au Théâtre.'

Mais aujourd'hui les loix ont bien changé les choses:
Comptez donc sur l'effet de nos métamorphoses;
Et, quand de son ouvrage enfin l'on est content....

DAMIS.

Mais je ne le suis pas. Ne vous pressez pas tant.
Content de mon ouvrage? He! Monsieur, puis-je l'être,
Le serai-je jamais en contemplant mon maître?
Mon travail à la main & le bien dans le coeur,
Ce n'est point en rival, mais comme adorateur,
Que je déposerois cette offrande, amassée
Dans ses propres écrits, pleine de sa pensée,
Aux pieds de ce génie. 'O! sublime écrivain,
Lui dirois-je, après toi nous moissonnons en vain.
Mais connois ton disciple; &, daignant lui sourire,
Vois du moins, vois encor ce qu'on gagne à te lire!

ACASTE.

Sous cet aspect, sans doute, aisément je conçois
Que vous ne soyez pas content...

DAMIS.

Que je le sois,
Sous vingt autres rapports, le croyez-vous possible?
Le Parnasse devient un mont inaccessible.
C'étoit peu qu'Apollon, par des écueils nombreux,
En eût fait le chemin pénible & dangereux;
Je ne sais quel démon, jaloux de notre Scène,
En rend l'accès bizarre & la route incertaine!
C'est un amas confus, contradictoire, ingrat,
De cent petites loix d'un goût tout délicat
Qui sont là tout exprès pour forcer la nature
A se montrer fardée, & peinte en mignature.
Et pourquoi tout cela? Pour complaire à des sots
Dont la langue n'admet que deux ou trois cents mots,
Hors desquels ne sort pas leur hautaine ignorance.
Un mince cailletage est leur noble science;
Ils ont peur de parler comme parle un bourgeois.

Dans leurs locutions, dans le son de leur voix,
Cette crainte les tient à tel point en réserve,
Que leur bouche pincée, à tout propos s'observe.
Aussi comme ils sont froids! jamais la passion
Ne compromet leur coeur, ni leur condition.
En petits apperçus leur esprit s'alambique;
Ils veulent vous soumettre à cette poëtique;
Et comme tout-puissans ils disposent de tout,
Vous êtes un pédant & vous manquez de goût,
Dès lors que, par l'effet d'un vers plein de génie,
Vous mettez en défaut la bonne compagnie
Qui n'y comprend plus rien, & n'y sent plus le tour
Des phrases à la glace, en usage à la Cour.

ACASTE.

C'est un plaisant contraste. Il en est quelque chose;
Faut-il que, pour cela, votre esprit s'indispose?
Vous devez observez...

DAMIS.

J'observe, avec dépit,
Que notre langue est riche & que tout l'appauvrit.
Grace au ciel! les trois quarts de mon Dictionnaire
Sont des mots réprouvés dont je n'ai plus que faire.

ACASTE.

Ce seroit aux Auteurs à s'entendre, je crois,
Pour renversez bientôt ces ridicules loix.
S'étayant l'un par l'autre, ils n'auroient rien à craindre;
Ils étendroient le cercle où l'on veut les restreindre,
Et pourroient corriger cette erreur par le fait:
De sorte qu'au Théâtre....

DAMIS.

Au Théâtre? En effet,
Hé! ne voyez-vous pas qu'à l'envi l'on y flatte
Des censeurs pointilleux la fadeur délicate,
Que chaque Muse y parle en terme d'un beau choix,

Et ne diffère en rien, pas même de la voix?
Que tels Auteurs soumis, pour vouloir trop bien faire,
Tracent tout sans couleur, sans feu, sans caractère?
Qu'à force d'être pur, joli, doux & galant,
On a tout ce qu'il faut, excepté le talent?
Ils en gémissent tous; la mode les entraîne.
Placez-vous au Parquet, & contemplez la Scène;
Vous y verrez enfans, hommes, filles & femmes,
En termes les plus frais parler par épigrammes;
Des paysans docteurs chez le libraire éclos,
Et des laquais charmans qui récitent Duclos.

ACASTE.

Mais, mon cher, à la Cour, à la Ville, au Village,
Les François aujourd'hui n'ont qu'un même visage,
La langue, les égards de la civilité,
Et tous les lieux communs de notre urbanité,
Asservissant nos moeurs à des formes égales,
Ont produit ce vernis & ces fadeurs morales.
L'art en souffre beaucoup; ces complimens bannaux
Ont chassé loin de nous tous les originaux.
Il n'est plus de *Jourdains*, d'*Orgons*, ni de *Pernelles*,
Un carosse doré traîne nos *Sganarelles*,
Et tout Paris voit bien, qu'au temple d'Apollon,
La mode a rappellé *Cathos & Madelon*.
Il faut donc au hazard dessiner des chimères.
Et s'il restoit à peindre encor des caractères,
Pensez-vous que déjà de sublimes esprits,
N'en eussent pas, en foule, enrichi leurs écrits
Lisez nos Almanachs, il est tant de génies!

DAMIS.

Il est pour le talent des sources infinies
Les modèles, morbleu! ne nous manqueroient pas.
Mais on veut des tableaux bien jolis, délicats,
Des seigneurs vertueux, de vertueuses dames,
Jusques dans les fripons on veut de belles âmes.
Qu'il échappe à l'Acteur un mot bien douceveux,

On croit voir se pâmer tout un peuple d'heureux.
S'il faut s'en rapporter à la Muse éperdue
De tous ceux que j'entens, Astrée est descendue;
Et le vice présent, qui se sent cajoler,
Pour peu qu'on le démasque, est tout prêt à siffler.
Je peins ce que je vois, & non ce qu'on invente.
Mes modèles aussi pâlissant d'épouvante,
Si j'exposois un jour en Scène leurs portraits,
M'accableroient bientôt de leurs perfides traits.
On les verroit, honteux de trop de ressemblance,
Nommer l'auteur méchant, son courage insolence;
Et, faute d'autre excuse, analyser un vers,
Ou dénoncer en pompe un mot à l'univers.

ACASTE.

He! bien! il faut braver une injuste critique.
J'avoûrai cependant qu'un peu trop véridique,
Vous ne ménagez pas assez l'homme du jour:
Vous le heurtez de front, sans le moindre détour.
A l'aspect de son coeur, votre ame courroucée
Dans le moindre repli va scruter la pensée,
De son masque agréable il a beau se cacher,
Sur la difformité vous allez l'arracher.
Un portrait a son prix, du moment qu'il ressemble.[4]
Mais c'est votre intérêt, du moins il me le semble,
Qu'il falloit ménager avec dextérité.
Au lieu de vous armer de tant d'austérité,
N'eût-il pas mieux valu, d'une plume docile,
Complaire aux moeurs du tems? En Auteur plus habile,
A son bon naturel, imputer sa douceur.
Et sensible avec art, pour n'être pas penseur,
De crainte de produire un muse importune.
Sur les abus chéris nous faire illusion.
Sur tout donner matière à quelque allusion:
Et coutant au sujet quelque tendre episode,
Y flatter à propos la puissance à la mode.

---

4   Voir la 'Seconde préface' à *La Nouvelle Héloïse*: 'Un Portrait a toujours son prix pourvu qu'il ressemble quelqu'étrange que soit l'Original' (Rousseau, J.-J., *Œuvres complètes*, Pléiade, 1961, II, p. 11).

Voilà le vrai moyen d'assurer son succès.

DAMIS.

Mon succès? Que me fait le gain de ce procès?
Sans doute j'y prétends; mais si je le souhaite,
C'est en bon Citoyen bien plutôt qu'en Poëte.
J'ai trop d'austérité, dites-vous? Hé! morbleu!
Prenez-vous mon *Philinte*, après tout, pour un jeu?
Le Théâtre n'est-il qu'un passe-tems frivole?
Au jour de liberté, qu'il devienne une école.
Allez, qui voit le siècle & tout ce que j'ai vu,
Dans le coeur du méchant quand on est descendu,
Et qu'alors indigné, du bord de cet abyme,
On est poussé de verve à démasquer le crime,
A-t-on l'âme timide & le style mielleux?
Déchirons, sans pitié, le voile frauduleux,
Dont l'Egoïste adroit se pare & s'enveloppe;
Sur la Scène, évoquons l'ombre du Misanthrope;
C'est à lui qu'il convient de parler de vertu.
Chassons ces froids pleureurs, au style rebattu,
Ces sages controuvés, ces bienfaiteurs postiches,
D'un sentiment exquis ornant les hémistiches,
Mais avec tant d'attache & de profusion,
Qu'il n'est plus de laquais sans sa bonne action.
Fastidieux mensonge! Est-ce ainsi que nous sommes?
Sur ces plates fadeurs, appréciez les hommes;
Et courez du Théâtre, où l'on vous a montré
De tant de bonnes gens le modèle plâtré,
Courez, dis-je, implorer le riche & l'homme en place;
Vous verrez le revers & tout ce qui se passe.
Vous comprendrez comment un Auteur délié,
A force de la feindre, étouffe la pitié.
Quand la France renaît, écrasons l'imposture.
Au reste, mon Philinte est peint d'après nature;
Je l'ai vu. De la Cour, il vient à la Cité.
Mais faut-il m'appuyer d'une autre autorité?
C'est JEAN-JAQUES ROUSSEAU.
(*Il tire un livre de sa poche, l'ouvre & le donne à Acaste.*)

Lisez ce paragraphe;
Voilà son sentiment, & c'est mon épigraphe.

ACASTE, *lit.* (*Lettre sur les Spectacles*).

'Ce Philinte est un des ces honnêtes gens du grand monde, dont les
maximes ressemblent beaucoup à celles des fripons; de ces gens si doux, si
modérés, qui trouvent toujours que tout va bien, parce qu'ils ont intérêt que
rien n'aille mieux; qui sont toujours contens de tout le monde, parce qu'ils
ne se soucient de personne; qui, autour d'une bonne table, soutiennent qu'il
n'est pas vrai que le peuple ait faim; qui, le gousset bien garni, trouvent fort
mauvais qu'on déclame en faveur des pauvres; qui, de leur maison bien
fermée, verroient voler, piller, égorger, massacrer tout le genre humain,
sans se plaindre, attendu que Dieu les a doués d'une douceur méritoire à
supporter les malheurs d'autrui.'

DAMIS, *reprenant le livre.*

Mon cher, c'est à ce livre, à son intention,
Que je dois mon ouvrage & sa conception;
Je le dis hautement. Si le méchant m'assiège,
Qu'il sache que Rousseau lui-même me protège!
Et certes ce n'est pas implorer aujourd'hui
Une frêle assistance, un médiocre appui,
Que d'être précédé de l'ame d'un grand-homme,
Digne de l'âge d'or & de l'antique Rome,
Protecteur de l'enfance & de l'humanité,
L'apôtre prêcurseur de notre liberté!
Ainsi donc, cher Acaste, au gré de votre envie,
Puisqu'on offre au Public Philinte en comédie;
Plutôt que d'affoiblir une forte leçon,
A ce même Public je dirai, sans façon,
'Messieurs, pour un instant, oubliez donc de grace
De mille faux portraits la coquette grimace.
C'est mal, à qui les peint, de déguiser nos moeurs.
Je viens vous révéler de coupables erreurs.
Par les fautes d'autrui s'amender & s'instruire,
C'est un bien. Daignez donc m'écouter & me lire.
Les pervers que ma plume a tracés avec soin,
Le masque sur le front, sont là dans quelque coin,

Imposez-leur silence, & que leur seule rage
Prouve la vérité qui luit dans mon ouvrage.'
Je ne plaisante point, tels seront mes discours.
Adieu, tel on me voit, tel je serai toujours.

Fin du Prologue

Appendice 2

PREFACE AU PHILINTE DE MOLIERE OU LA SUITE DU MISANTHROPE

Nec vos decipiant blandae mendacia linguae.
Ovid. *ép. 2.*

La France, cette belle partie du globe, cette belle surface de trente mille lieues, l'amour du ciel, le chef-d'oeuvre des élémens, la protrectrice de l'humanité, le triomphe de la civilisation, étoit dégradée, désolée, dévorée par un petit nombre d'êtres malfaisans, revêtus de la figure humaine. De l'une à l'autre extrémité de cette vaste région, la nature éperdue, la tête courbée sous un joug de plomb, les yeux épuisés de larmes, les mamelles desséchées, les bras chargés de fers, le bâillon à la bouche, la nature erroit sans asyle, précédée de la crainte et de la terreur, ridiculisée par la dépravation, trahie par la lâcheté, méprisée par la sottise, trafiquée par l'avarice, persécutée enfin par l'orgueil, par la cruauté, par le mensonge et par tous les vices ensemble.

En France, il n'existoit ni foi, ni loi; avec de l'intrigue et de l'impudence, on arrivoit aux honneurs, tout salis par mille turpitudes; avec de la fierté dans l'ame, on étoit sûr d'essuyer les dédains, les rebuts, les mépris et la persécution des méchans heureux. La probité étoit le chemin de la ruine, la friponnerie celui de la fortune. L'agriculteur, dénué de pain, rampoit couvert d'opprobre; le commerce ne présentoit qu'un champ de brigandage et de mauvaise foi. Dans les tribunaux, les jugemens se vendoient à front découvert et au plus offrant; l'iniquité, l'oppression avoient un tarif connu.

Avec de l'or ou un nom, vous frappiez le foible à volonté, vous perdiez l'innocent tout à votre aise; la chicane, cette lèpre impolitique, corrodoit la nation; un million de vampires achetoient le droit de succer le sang des Français. La pourpre, l'hermine et les rubans devenoient le prix de celui qui comptoit le plus de victimes sur ses rôles. Les arts, avilis sous le patronage des tyrans, des fripons et des sots, n'avoient que le choix de la misère ou de l'infamie. Le grand n'étoit qu'un oppresseur sans pitié; le petit, qu'un opprimé sans courage; les héros prétendus, que des fourbes adroits, ou des pervers insolens; le soldat, qu'un esclave dépouillé de toutes ses facultés humaines. La noblesse étoit devenue un charlatanisme; le génie, un ridicule; l'énergie, un crime; le mot de liberté, un blasphême, la pitié, hypocrisie; l'égoïsme, doctrine publique; la pudeur, grimace; la vertu, rien, et l'argent, tout.

Eh bien! c'est du jour marqué par la nature des choses, comme le dernier période de ce bouleversement, comme le *maximum* du mal; c'est du centre de cette dépravation, c'est une année avant la révolution, qu'un HOMME s'élève pour nous assurer

.... que nos maux se réduisent à rien!

Et qu'il a grand sujet de dire: TOUT EST BIEN!

(*Optimiste*, acte 5, scène dernière).

Hé! juste Dieu, pour combler la mesure du mal, il falloit donc qu'il s'en trouvât un panégyriste! Il falloit aux heureux du siècle un encouragement à se pardonner leur dépravation, leur égoïsme et leur tyrannie!

Je l'avouerai, jamais je n'ai pu, sans indignation, entendre l'Optimiste de M. *Collin*. Je n'ai point eu de repos que le théâtre n'ait été armé d'une morale spécialement contraire aux principes de cet ouvrage. C'est pour les retorquer et en diminuer l'influence, autant qu'il étoit en moi, que j'ai composé LE PHILINTE DE MOLIERE, OU LA SUITE DU MISANTROPE.

Il ne s'agit pas ici précisément de M. *Collin*: laissons l'art et l'artiste de côté; il s'agit du fonds de son ouvrage et de sa doctrine détestable. Certes, il n'y a point à se vanter de son talent, quand il devient la dernière pierre jettée à l'humanité, quand il n'enfante que des sophismes destructeurs de la pitié: et tel est le venin répandu dans *l'Optimiste* de M. *Collin*. J'aime à conjecturer que cette pièce lui fut, sinon commandée, du moins conseillée. Je n'ose croire qu'un homme qui dit à tout propos, avoir été malheureux, et l'être encore, puisse, par de subtiles combinaisons, avoir inventé la flagornerie la plus raffinée et la plus insidieuse dont jamais homme de lettres ait été capable.

Je ne sais ce que c'est que les ménagemens, quand il est question de l'instruction publique.

Je ne puis estimer ces dangereux auteurs,
Qui de l'honneur, en vers, infames déserteurs,
Trahissant la vertu sur un papier coupable,
AUX YEUX DE LEURS LECTEURS RENDENT LE VICE
                                                                    AIMABLE.
(Boileau, *Art poét.* ch. 4.).

J'attaque M. *Collin* comme le ministère public attaqueroit le vendeur de Mithridate sur ses trétaux; c'est mon devoir de citoyen que de servir la vérité, et c'est encore mon plaisir. Ce que je reproche à M. *Collin*, je m'engage à le prouver, et mes preuves seront invincibles.

Si l'esprit de la Comédie de M. Collin[1] est de flatter la cour, les grands, les riches, les heureux du grand monde, et d'invétérer leur perversité en leur présentant le mal comme nul, en cherchant à leur persuader que leur cupidité, leur tyrannie et leurs malversations ont tout laissé dans le meilleur ordre de choses; qu'ils ont beau se gorger de la substance du pauvre, que le pauvre n'en est pas moins l'être le plus heureux; qu'en vain se sont-ils livrés et se liveront-ils à toutes sortes de méchancetés et d'abominations, que d'abord ces méfaits n'étant pas supposables, il reste encore que le systême qui nie le mal et pose que tout est bien, doit les rassurer et les laisser dans une sécurité et une apathie parfaites sur tout ce qui se passe: on conviendra que cette Comédie renferme une morale affreuse et un mensonge bien dangereux.

Si l'esprit de la Comédie de M. Collin est encore de porter les opprimés et les malheureux à une lâche complaisance, à une paresse servile, à une insouciance d'esclave; d'éteindre dans les ames cette énergie salutaire, la terreur des fripons et des oppresseurs, et le seul recours des opprimés; de professer l'égoïsme, en invitant à ne regarder qu'autour de soi, et à se moquer du reste; de nier la gravité des maux qui affligent le pauvre plus que le riche, et tout cela, en épuisant les arguties les plus misérables, pour bercer les gens du monde dans leur insensibilité. On conviendra que la Comédie de M. Collin est une école anti-sociale, où le fort apprend à tout

---

[1]   A partir d'ici, 'Collin' n'apparaît plus en italiques.

oser et le foible à tout souffrir.

Eh bien! tel est l'esprit de cette Comédie, et quiconque l'a lue ou
entendue, doit déja trouver la concordance établie entre ces intentions et les
maximes de l'ouvrage.

Car, je vous prie, quelle est l'opinion que professe et que veut inspirer
M. Collin, lorsqu'en nous présentant son *Optimiste*, son PLINVILLE
comme un modèle à suivre pour être content de tout, et par sa conséquence,
toujours heureux: il ne nous offre qu'un ami dèclaré des préférences, qu'un
zélateur des distinctions de l'orgueil, qu'un véritable ennemi du genre-
humain, puisqu'il en regarde en pitié les quinze vingtièmes, malgré la
bonhomie qu'il affecte et le ton doucereux dont il se pare? Je ne me laisse
pas prendre aux puériles affeteries; les larmes et le ton piteux ne font rien
aux choses, quand les choses sont pernicieuses. C'est à faire aux enfans à
trouver bon le miel qui déguise le poison.

PLINVILLE.
Quand j'y songe, je suis bien heureux, je suis homme,
Européen, Français, Tourangeau, GENTILHOMME!
Je pouvois naître Turc, Limousin, PAYSAN.
(*Optimiste*, acte 1, scène 10)

Dans la gradation de ses avantages, voilà donc le héros de M. Collin, qui
compte sa qualité de *gentilhomme* comme le plus haut période de sa
félicité. Jugez du plaisir de la noblesse à ouïr ce beau principe! C'est
d'après ce principe que notre France est farcie de Secrétaires du Roi, de
Trésoriers de France, et de tant de milliers de *vilains savonnés*, qui une fois
devenus *gentilshommes*, se sont trouvés contens de tout, parce que, selon
l'expression de Rousseau, *ils ne se sont alors plus souciés de personne.*
(*Lettre sur les Spectacles*).

Je pouvois naître Turc, Limousin, PAYSAN.

Voilà d'un seul trait, les paysans, c'est-à-dire, près des trois quarts des
habitans du globe, regardés avec une compassion insultante par M. Collin,
condamnés à être malheureux, jugés tels par M. Collin; car PLINVILLE
pouvoit naître paysan, et alors la conséquence est claire, il n'eût pas été
heureux. Pour l'être, il falloit qu'il fût GENTILHOMME. Ainsi ce n'est
pas des *paysans* qu'il embarrasse; il ne l'est pas, le voilà *content*.

Ah! M. Collin, vous saviez bien à qui vous aviez à montrer votre
Comédie. A quoi vous sert cet amour des champs dont vous nous rimez

tant les délices? Et puis fiez-vous aux tendres pastorales des Poètes *suivant la Cour*.

Quant à la gentilhomanie du héros de M. Collin, ne vous figurez pas que la rime lui ait imposé ce principe extravagant; car un peu plus loin, lorsqu'il veut égayer les chagrins de son ami, dans l'énumération des avantages que cet ami possède, il ne manque pas de lui dire:

Vous avez, comme moi, NAISSANCE, bien, santé.

(*Optimiste*, acte 1, scène 11).

Il est donc clair que dans la théorie de bonheur de M. Collin, il faut de la naissance. Il n'y a donc de bonheur que pour les gens qui ont de la *naissance*? M. Collin n'a donc voulu apprendre à être contens de tout qu'aux gens qui ont de la *naissance*? La nation française lui rend mille graces.

Si vous doutiez encore, lecteur, de la religion de M. Collin et de ses principes sur la noblesse, donnez-vous la peine d'observer comme il y revient toujours et quelle est sa précaution à caresser les nobles, en flattant leurs prétentions, par sa recherche scrupuleuse des convenances patriciennes.

Madame *de Roselle*, nièce de l'Optimiste *Plinville*, veut seconder l'amour secret de la fille de ce *Plinville* pour un aventurier nommé *Belfort*. Elle connoît fort bien les principes de la maison de son oncle; elle cherche à pénétrer cet amant, pour en apprendre la seule chose qu'elle ait à savoir, et la seule, qu'elle fait bien sentir être absolument et uniquement nécessaire pour le mariage qu'elle médite. Or quelle est cette chose?

Madame de Roselle, à *Belfort*.

Vous allez admirer ma pénétration.

Vous êtes, je le vois, né de *condition*.

(*Optimiste*, acte 2, scène 2).

Et un peu plus bas, avec de nouvelles instances, comme pour ne pas s'embarquer plus avant dans le traité, sans ce préliminaire:

Parlons à coeur ouvert, vous êtes *Gentilhomme*?

L'embarras de Madame de *Roselle* est justement celui de M. *Jourdain*.

Cléonte, à *M. Jourdain*.

Monsieur... l'honneur d'être votre gendre, est une faveur glorieuse que je vous prie de m'accorder.

M. Jourdain.

Avant de vous rendre réponse, Monsieur, je vous prie de me dire si vous étes gentilhomme.

Cléonte.

Je suis né de parens, sans doute, qui on tenu des charges honorables; je me suis acquis dans les armes l'honneur de six ans de service, et je me trouve assez bien pour tenir dans le monde un rang assez passable: mais avec tout cela... je ne suis pas gentilhomme.

M. Jourdain.

Touchez là, Monsieur, ma fille n'est pas pour vous.

Cléonte.

Comment?

M. Jourdain.

Vous n'êtes point gentilhomme, vous n'aurez pas ma fille.
(Molière, *Bourg. gentilhomme*, acte 3, scène 12).

A la grande satisfaction des petites loges et du public, qui aime fort à voir réussir les amours des jeunes gens, l'aventurier Belfort, plus heureux que Cléonte, avoue qu'il est gentilhomme. Madame *de Roselle* n'étoit pas femme à prendre le change.

Vous allez admirer ma pénétration;
Vous êtes, *je le vois, né de condition.*

Le joli badinage! c'est-à-dire, les gentilshommes ne sauroient se déguiser. La nature leur a imprimé un certain caractère, qui les fait reconnoître tout de suite; ils sont d'une matière privilégiée. Observez que ce Belfort est doux, timide, sensible, modeste, humble même et savant; ce qui n'empêche pas Madame de Roselle de deviner la caste de ce noble amant: d'où il résulte que les gentilshommes ont sur le front leur étiquette native. L'aimable philosophie!

Mais peut-être est-ce esprit de corps de la part de M. Collin? peut-être est-il gentilhomme lui-même? non pas que je sache. Appréciez donc maintenant les adulateurs, et ne vous étonnez pas de l'empire qu'acqueroient, en dormant, les gens qui avoient de la naissance. O! que le

grand homme disoit bien:
> C'est ainsi qu'aux flatteurs on doit par-tout se prendre
> Des vices où l'on voit les humains se répandre.
> (Molière, *Misantrope*, acte 2).

La noblesse est elle donc un vice? non: mais bien l'orgueil. Que sera-ce de l'inspirer, de le flatter, de le servir? La noblesse héréditaire n'est pas la seule chose qu'exige M. Collin pour être content de tout; il veut encore la richesse: avec ces deux moyens, il vous montre combien il vous sera facile de trouver que tout est pour le mieux dans ce monde. Sa proposition n'est pas douteuse.

PLINVILLE.
> On est vraiment heureux d'être né dans l'aisance,
> Je suis émerveillé de cette providence,
> Qui fit naître le riche auprès de l'indigent.
> (*Optimiste*, acte 1, scène 8).

Le sage, l'observateur et le malheureux avoient toujours pensé que le crime seul, sous l'aspect multiplié de la cupidité, de la tyrannie et de l'injustice, avoit fait naître le riche auprès de l'indigent. M. Collin rassure les riches, et les invite à se tranquilliser sur la disproportion, qui pourroit les frapper quelquefois en dépit de leurs passions, en leur apprenant que ce n'est que par l'effet de la Providence qu'ils sont riches, c'est-à-dire, de droit divin et par la grace de Dieu. En fait de politique, a-t-on jamais écrit de niaiserie plus fausse? en fait d'humanité, de maxime plus barbare?

Et en quel autre voisinage pense donc M. Collin que pourroit naître le riche, si la Providence ne s'en mêloit pas, si ce n'est auprès de l'indigent? Connoît-il un peuple sur la terre, chez lequel il soit des indigens sans riches, et des riches sans indigens, liés nécessairement à côté les uns des autres par une conséquence inévitable de la chose même? De quoi s'émerveille-t-il? mais le vrai de l'admiration de M. Collin, c'est que plus une disporportion est inique, plus on sent de plaisir à trouver une ombre de droit qui la fonde, et sur ce point, les riches ne sont pas difficiles. Croyez que l'article poétique de M. Collin leur a paru extrait de la loi naturelle; et voilà comme on raisonne, quand on veut être trouvé charmant par un noble, et sensible par un riche.

On sera peut-être étonné que M. Collin puisse soutenir que tout est bien en traçant le nom de riche, et sur-tout celui d'indigent? il vous répond sans façon:

> L'un a besoin de bras, l'autre a besoin d'argent.
> Ainsi tout est si bien arrangé dans la vie,
> Que la moitié du monde est par l'autre servie.
> (*Optimiste*, acte 1, scène 8).

Il ne pouvoit pas mieux, ce me semble, vous dire sa façon de penser sur le systême de nos fortunés, dont les maximes sont, qu'il est de droit que les gens-comme-il-faut soient maîtres de tout et dans l'abondance; et que c'est à ce qu'ils appellent *la canaille* à travailler si elle veut vivre. On prétend même que sous le règne du feu Roi, il fut prouvé au conseil, lors de la persécution contre les mendians, qu'il seroit dangereux que le peuple fût à son aise, et l'on poussa le calcul jusqu'à déterminer que cinq sols par jour devoient suffire à chaque MANANT. C'étoit dire, le reste est à nous: prenons, et l'on a tout pris. Cette manière de tenir le peuple en esclavage est profonde et sur-tout heureuse, comme les nobles et les riches doivent s'en appercevoir. Mais quelques mois avant la révolution, il étoit bien doux pour les deux ordres riches, qui se croyoient bien plus de la moitié du monde, de dire au tiers-état:

> Ainsi tout est si bien arrangé dans la vie,
> Que la moitié du monde est par l'autre servie.

On voit que la providence de M. Collin est d'une invention admirable pour ceux qui ont eu l'habileté de se passer d'elle.

Après s'être extasié sur les propositions qu'il avance, l'auteur de l'*Optimiste* n'a garde d'oublier d'en faire l'application. On peut étudier, dans l'ouvrage même la dextérité qu'il emploie à rendre cette application le moins choquante, pour en faire prospérer plus imperceptiblement l'*inde mali labes*, et en désigner les conséquences, vers lesquelles il marche à pas de loup. Voyez d'abord comme il multiplie les sophismes pour jetter toute la faveur de l'opinion sur les classes constituées en puissance et en richesse, afin d'en induire que les opprimés ont tout à fait tort de se plaindre.

> PICARD, *laquais de Plinville, à son maître.*
> Pourquoi ne suis-je pas de la moitié qu'on sert?

PLINVILLE.
Parce que tu n'est pas de la moitié qui paie.
(*Optimiste*, acte 1, scène 9).

Qu'est-ce à dire, M. Collin? quoi! le peuple toujours opprimé, toujours dévoré, et dans les campagnes, où comme Tantale entouré des fruits de la terre et des bienfaits du ciel, il languit et périt de faim et de misère; et dans les atteliers, où des milliers de néophites en noblesse et de voleurs surdorés trafiquent et brocantent sa sueur, ses veilles, son intelligence et son génie; et dans les armées, où des fripons à plume et à glaive ont combiné les cent mille manières de rogner sa chétive solde; et dans les antichambres, où Princes maltotiers et publicains de cour, viennent rapiner les fruits de son esclavage et le produit net de son ame dépravée et vendue. Quoi! ce peuple n'est pas de la moitié qui paie? êtes-vous insensé, ou le plus dangereux des sophistes? Et dites-moi? cette innombrable liste d'impôts indirects qui écrasent le malheureux et n'enrichissent que l'opulent, sans l'assouvir; et ces aides, qui rendent la bouteille de vin du pauvre plus chère du pair au pair que la cave entière d'un Fermier général; et ce chemin incrusté par l'indigence et foulé par la molesse; et cette pourpre, ces lames d'or, ces tissus de soie, ces glaces lubriques, fabriqués par des cadavres, et ramassés, entassés en jouissance par nos sibarites; et ces armées, ces chaînes vivantes et réciproques, hébétées par les agens ministériels; et ces légions de valets dont la loterie et l'agiotage abusent l'espérance pour escroquer leur salaire; quoi! ces choses, et tant d'autres de la même espèce, ne vous ont pas appris, M. Collin, que la moitié qui sert est précisément la seule moitié qui paie? Le brigand qui, après m'avoir dépouillé, battu, meurtri et lié les bras au coin du bois, me contraindroit à porter son bagage et à charger sa carabine pour un morceau de pain qu'il me donneroit, est précisément l'image de votre moitié servie. Voila la vérité, M. Collin. Respectez l'infortune, alors vous ne direz plus:

PLINVILLE.
............Il n'est autour de moi
Pas un seul pauvre.
(*Optimiste*, acte 1, scène 10).

Assertion cruelle! que je démens formellement. Je vous défie, en parcourant la France en tout sens, d'enjamber cent pas géométriques d'une possession à l'autre, sans trouver, non pas *un seul pauvre*, mais une multitude de pauvres, et toujours en proportion accrue du nombre de riches et de la somme de leurs richesses. Telle étoit la jonglerie des Ministres de Louis XV. Ils faisoient recruter et solder des misérables endimanchés, pour venir jouer des scènes de prospérité sur le passage de ce Prince. O! que le Monarque avoit bonne grace à dire: *'Il n'est autour de moi pas un seul pauvre.'*

Au bout de ces tristes argumens, qui ne sont bons qu'à désespérer l'infortuné dont on cache les misères, et qu'à étouffer la pitié des gens heureux, à qui on met un bandeau sur les yeux, si quelqu'homme du peuple, navré d'une longue souffrance, s'obstinoit à s'élever contre le systême de l'Optimiste, et lassé de son esclavage, s'avisoit de dire:

Voilà ce qui me fâche,
Je remplis dans le monde une pénible tâche;
Et depuis cinquante ans.....
(*Optimiste*, acte 1, scène 9).

M. Collin, qui ne veut pas qu'on se plaigne, et qui semblable au médecin Sganarelle, prétend que *lorsqu'il a bien bu et bien mangé, tout le monde soit saoul dans la maison*, répondroit:

Tu devrois, en ce cas,
Etre fait au service.
(*Optimiste*, acte 1 scène 9).

Réponse aussi ridicule que barbare, et cependant la même que j'entends faire tous les jours du grand au petit et du fort au foible, depuis vingt ans que j'observe les hommes. Et à cette réponse niaise, on rit: ascendant terrible de l'intérêt personnel et de la paresse humaine à secourir son semblable! influence puissante, quoiqu'imperceptible, d'une représentation théatrale! on rit! ah! si chaque spectateur scrutoit le fond de son âme, il sentiroit que son rire, en ce moment, n'est autre chose que le charme cruel qu'éprouve l'égoïsme à secouer tout ce qui le dérange ou le fatigue. De ce rire universel on se fait une approbation du parti que l'on trouve le plus facile et le moins coûteux à prendre; et dans cette situation, gracieusement impitoyable, où s'agencent aisément les âmes foibles ou corrompues, on répond facilement au pauvre: *'Tu es fait à la misère;'* au prisonnier qui l'est depuis longtems, *'tu dois être habitué à ta captivité, tu souffres moins;'* au villageois plaidant en vain depuis dix ans pour son patrimoine envahi, *'tu dois avoir appris à t'en passer, et avoir cherché d'autres ressources;'* au malade traînant ses longues douleurs faute de secours, *'oh! le mal d'habitude fait moins souffrir, et finit par se passer'.* J'en atteste tous ceux qui ont besoin d'autrui, quelle réponse est plus commune? la voilà établie en précepte.

A ce mot de malade qui vient de tomber sous ma plume, j'observe que M. Collin semble s'être appliqué à affoiblir toutes les sensations fortes qui, j'en conviens, sont désagréables pour les délicats du grand monde; mais dont la nature se sert pour émouvoir la pitié. Je parle de ces tableaux frappans et douloureux que la vertu rappelle quelquefois à la mémoire de ceux qui l'abandonnent, pour en obtenir quelqu'accès de résipiscence en faveur de l'humanité. S'il est une souvenance impérieuse, une émotion irrésistible qui puissent attendrir une âme émoussée par les jouissances du monde et endurcie de plaisir, c'est sans doute le tableau des misères et des douleurs de l'infortuné, que les maladies ont jetté dans un coin de sa chaumière, ou de son grenier, ou d'un hôpital. Eh bien! M. Collin, toujours prêt a jetter des roses sur le pli de l'édredon des riches, vient atténuer l'idée déchirante, salutaire et cohercitive par sa déplaisance même, que les riches pourroient concevoir de la situation d'un malade. Il dérange et rétablit exprès la santé de son héros, pour lui faire avancer cet étrange raisonnement:

PLINVILLE.
Tiens, vois-tu, chère Rose?
D'honneur, je n'ai pas, moi, senti la moindre chose.
J'étois dans un profond et morne accablement,
Mais qui ne me faisoit souffrir aucunement.
..........Notre machine est alors engourdie,
Et c'est un vrai sommeil que cette maladie,
Et ma foiblesse même est une volupté
Dont on n'a pas d'idée en parfaite santé.
La santé peut paroître à la longue un peu fade.
(*Optimiste*, acte 1, scène 7).

Ne nous y trompons pas: ces paradoxes qui, par leur extravagance, prennent une tournure de plaisanterie, n'en sont que plus dangereux; c'est le rafinement de la niaiserie; c'est l'humanité persifflée: qui s'avisa jamais de plaisanter avec elle? doit-on jouer, sur son compte, avec une race d'hommes durs, impitoyables et corrompus, qui, prompts à sourire du masque, ne demandent intérieurement qu'une excuse apparente pour braver le respect humain, et qu'un motif léger pour rasseoir, de plus belle, leur apathique indifférence?

Souvenons-nous que dans les tems de corruption, mille vérités éloquentes et fortes, sur les malheurs de l'humanité, ont de la peine à nous faire avancer d'un pas vers la pitié, et qu'une seule illusion sur la prospérité publique nous rejette rapidement vers l'Egoïsme.

Plus on avance dans l'examen de la Comédie de l'*Optimiste*, plus on s'apperçoit que l'Auteur y remplit les fonctions des agens de toute robe et des satellites de toute arme, qui, circonvenant les puissans et les riches, mettent leur soin à écarter de leurs palais, de leur vue, et de leur oreille les misérables et leurs plaintes, et à faire entendre, à faire croire par la bouche de leurs charlatans et la plume de leurs valets, que la vertu seule et l'amour de l'ordre guident les gens en place. Le meilleur moyen de faire sa cour aux grands qui ne suivent que leurs caprices et leurs passions, et qui vivent d'iniquités, c'est d'établir des maximes dont l'esprit soit de présenter leurs méfaits comme incroyables et leur méchanceté comme impossible. De là vient qu'on ne plaît jamais mieux aux méchans, aux fripons et aux oppresseurs qu'en disposant l'esprit du peuple à ne jamais supposer le mal avant qu'il n'arrive; et quand il est arrivé, à se consoler de ce qu'on a souffert, par ce qu'on n'est plus à même de souffrir, et de ce qu'on a perdu par ce qui reste.

Mais la grange est détruite....

PLINVILLE.

Il est vrai, mais aussi
J'ai sauvé l'écurie.....
(*Optimiste*, acte 3, scène 1).

Ce système de crédulité, présenté sous le nom de confiance; de lâcheté, sous le nom de bonhommie; d'insouciance, sous le nom d'amour de la paix; et de bêtise sous le nom de bonté; ce système, dis-je, est fort accommodant pour les puissans qui vont grand train en fait d'arbitraire et de rapine, pour les brigands qui aiment fort qu'on se laisse voler, et non pas qu'on se plaigne.

PLINVILLE.
Veux-tu que je te dise,
Je crois fort, et toujours ce fut là ma devise,
Que les hommes sont tous, oui tous, honnêtes, bons.
On dit qu'il est beaucoup de méchans, de fripons,
Je n'en crois rien; je veux qu'il s'en trouve peut-être
Un ou deux, mais ils sont aisés à reconnoître
Et puis, j'aime mieux, je le dis sans détours,
Etre une fois trompé que de craindre toujours.
(*Optimiste*, acte 2, scène 4).

Figurez-vous la joie interne de nos dévorateurs à écouter ces hardis mensonges et à les voir applaudir par leurs dupes. Comme ils espèrent, non pas d'être crus honnêtes gens, avantage que non seulement ils ne recherchent guère, mais qu'il ne leur vient pas même en pensée de desirer, mais de trouver leurs victimes plus faciles et leurs coudées plus franches! Remarquez ce trait:

.........Mais ils sont aisés à reconnoître,

Précisément parce qu'il n'est point du tout aisé de reconnoître, ou du moins de convaincre les méchans et les fripons de la haute volée; précisément parce que ces satrapes rusés ne se compromettent jamais; précisément parce qu'ils ont cent masques pour un, et qu'à les juger sur leur formulaire, on diroit d'eux précisément ce qu'en dit M. Collin.

Que dites-vous de ce parti à prendre?

...............J'aime mieux.........

Etre une fois trompé, que de craindre toujours.

Belle sentence! profonde maxime! comme si on ne pouvoit être trompé, volé, opprimé qu'une fois! O que ceci est bien dans le sens des fripons! Ils ne vous écorchent pas tout d'un coup; ils commencent par vous tâter avec précaution, et quand ils vous ont trouvé de l'avis de M. Collin, ils n'y cherchent plus ni ménagement, ni finesse. Il n'y a que le premier pas qui coûte; il falloit bien les aider à le franchir. Conduisez-vous d'après la maxime susdite, et vous verrez. Ce n'est point là le proverbe du sage et je dis, bien populairement, avec lui: *'Qui se fait brebis, le loup le mange.'* Franchement, je ne suis pas le seul qui le dise; et s'il faut tout avouer, j'ajouterai cet autre adage: *'Tout ce qui bêle, n'est pas brebis'*. Mais il s'agissoit ici de plaire à ceux qui peuvent en tenir compte.

C'est de ce patelinage des méchans et des fripons et de leurs courtisans chatemites, que vient cette affectation de douceur et de sensibilité, dont les écrits modernes sont inondés et affadis. Cette puérile tartufferie a sur-tout gagné le théatre; il n'est pas jusqu'aux Comédiens qui ne s'en délectent. Les gens du monde et la cour n'ont pas d'autre langage; vous les prendriez pour de pauvres petits moutons. Bien souvent même les ordonnances et les proclamations des fonctionnaires publics sont édulcorées de ce miel fastidieux, c'est-à-dire, qu'on fait grand bruit de la sainteté et de la paternité de la loi, pour masquer l'iniquité de ceux qui en abusent. Les belles dames qui, en deux ou trois années, ont eu trente amans débauchés, trente profitables, et pas un de sensible, qui passent le jour à vendre leur crédit, et la nuit à friponner, sont merveilleusement éprises de cette afféterie de langage et de sentimens; elles sont toujours prêtes à se pâmer. Qu'un pauvre infortuné, bien candide, allât d'après ces grimaces, implorer leur âme compatissante; comme il seroit attrapé!

Que d'observations ont allumé ma haine contre ces hypocrites de société! Un jour, je me trouvois avec un de ces optimistes menteurs qui, indépendamment des avantages qu'ils trouvent à afficher cette religion bénévole, calculent que rien ne sert mieux à masquer un naturel méchant et sournois, que de dire que tout le monde est bon, tout le monde sensible, qu'ils sont contens de tout, et qu'il n'existe ni méchans, ni fripons. Il avoit, je ne sais pourquoi, de la ténacité à vouloir me prouver que tel étoit le fond de son âme. Je ne croyois, ni le diseur, ni son dire; mon humeur âpre, franche, jamais embarrassée et souvent embarrassante à l'aspect d'un tartuffe, de quelque genre qu'il soit, le mettoit dans une dépense effroyable de douceurs, d'admirations, de *sensibleries* et de phrases vertueuses. Survient un espèce de courtier, qui lui rend un effet de commerce, qu'on n'avoit pu passer. En moins d'une minute et avec un dépit sanglant, mon homme accuse trois personnes d'avoir causé ce discrédit. Nous sortons. Au pied de l'escalier, son ami intime, le plus cher de ses amis, nous rencontre, lui demande à dîner et monte pour l'attendre. Mon homme remonte aussi, je le suis; il fait un tour de chambre en disant trois ou quatre mots vagues; et sans faire semblant de rien, voilà mon Optimiste qui, en étouffant du poing le bruit de la serrure, tire sourdement de son secrétaire la clef qu'il y avoit oubliée. Il laisse alors son ami chez lui en toute sûreté, et redescend avec moi. Au premier coin, je quittai ce modèle de confiance avec horreur, et ne lui ai plus reparlé. Depuis lors j'ai frémi cent fois de m'être trouvé chez cet homme-là.

Je voudrois bien savoir si M. *Plinville* et adhérans soutiennent leur procès sans plaider; prêtent leur argent sans tirer d'obligation, payent leur dettes sans prendre quittance, et sortent de chez eux sans fermer les portes? S'il est donc sot d'ajouter foi à cette prétendue bonhommie tant prêchée et tant affectée aujourd'hui, à cette fausse confiance qui ne tend qu'à duper la vertu inexpérimentée, à cette hypocrisie d'espèce nouvelle; il est essentiel d'en démasquer les sectateurs et les apôtres, instrumens dangereux de cette apparence d'ordre, sous laquelle se retranchent les pervers puissans, bouclier funeste et terrible, le désespoir de l'homme droit?[2]

Je demande maintenant à quoi peut mener, en dernière analyse, l'insouciance qui fait la base du systême de M. Collin, sinon à concentrer l'homme en lui-même, et à le séparer de l'humanité? Quel est le caractère de cette sotte hilarité qui en résulte, sinon le dégagement d'une âme qui ne s'attache à personne en feignant d'aimer tout le monde? M. Collin ne s'en cache pas; il est même sur ce résultat, d'une bonne foi surprenante.

MADAME DE ROSELLE, *en parlant de Plinville.*
Mais j'aime bien mon oncle; il est si gai!

MADAME DE PLINVILLE.
Fort bien;
Mais cette gaîté-là pourtant n'est bonne à rien.

MADAME DE ROSELLE.
Elle est bonne pour lui du moins.
(*Optimiste*, acte 2, scène, 7).

Or rien ne manque, comme vous voyez, à l'intention de mettre à leur aise les heureux du siècle. Si l'Optimisme de M. Collin ne vaut rien pour l'humanité, *il est bon pour eux du moins.*

Il leur paroît sur-tout excellent, lorsqu'il affranchit leur probité et leur délicatesse de cette austérité qui en fait l'essence. Vous avez été souvent embarrassé, lecteur, de savoir comment les grands, les riches, les gens comme il faut, si graves dans leur décence, si délicats dans leur urbanité, si pointilleux sur les égards, pouvoient se pardonner les turpitudes dont on les accusoit et dont ils sont convaincus. Vous ne pouviez comprendre que des

---

2 *Sic.*

êtres aussi majestueux pussent partager des bons dans les fermes, des actions dans l'agiotage, avoir un intérêt dans les suifs, un bénéfice dans les clairs de lune, une pension sur le pain des galériens, un profit sur la paille des prisonniers, un revenant-bon sur le jeu de la belle! les voici tout excusés et dans la meilleure passe du monde d'être délicats à peu de frais.

PLINVILLE.

Et les cent mille écus qu'à Paris j'ai laissés?

MADAME DE PLINVILLE.

Vous avez mal choisi votre dépositaire.
Que ne les placiez-vous plutôt chez un Notaire?

PLINVILLE.

Un Notaire, crois-moi, ne vaut pas un ami.
Dorval assurément ne s'est pas *endormi*.

Ce *Dorval* est un Financier, et M. de Plinville prend ses amis à la Bourse.
Il devoit me placer comme il faut cette somme.

MADAME DE PLINVILLE.

.............Je sais qu'il joue.

PLINVILLE.

Un peu.

MADAME DE PLINVILLE.

Beaucoup; c'est un joueur.

PLINVILLE.

IL EST HEUREUX AU JEU.
(*Optimiste*, acte 3, scène 3).

D'après cette morale spéculative, rien ne vous empêche de placer vos fonds dans une banque de Pharaon, jeu aussi expéditif qu'amical, où les croupiers, qui ne sont jamais *endormis*, qui placent *comme il faut*, ne manquent jamais d'être *heureux*.

N'oubliez pas que tout ceci rentre parfaitement dans les honnêtes ressources, dans les innocentes habitudes et les nobles passe-temps des gens du grand monde et de la cour.

Ainsi dégagés des entraves d'une délicatesse pusillanime, vous sentez que les gens pour l'amour de qui l'Optimiste est fait, s'accommoderont aisément des préceptes et des exemples que leur fournit M. Collin sur la manière dont ils doivent s'intéresser aux peines d'autrui et aux souffrances de ceux qui les endurent pour leur rendre service.

C'est ici que je ne peux trop exprimer l'indignation qui m'a toujours saisi, à l'aspect de la dureté de Plinville. Les phrases et la sensibilité doucereuses dont M. Collin cherche à le velouter, dans tout le cours de sa pièce, n'ont fait qu'ajouter à l'horreur qui m'a toujours saisi, chaque fois que j'ai vu ce Plinville, si bon, si tendre, tenir à son ami Belfort le propos d'un guichetier. Belfort, pour éteindre l'incendie de la grange de Plinville, vient de se jetter dans le feu, à corps perdu et devant lui; il s'est brûlé la main, en ce moment empaquetée d'un appareil. Plinville, pour le remercier, et mieux encore, pour nous prouver qu'il est *content de tout*, c'est-à-dire, que rien ne le touche, lui dit sèchement:

Ah! ces blessures-là ne sont pas dangereuses.
(*Optimiste*, acte 3, scène 6).

O juste Dieu! voilà donc la quintessence de la sensibilité qu'enfante le système de M. Collin! Combien cette apostrophe doit être méditée! quelle[3] est affreuse! C'est mot pour mot celle de Louis XV: -- Comte, on dit que vous avez été blessé à la bataille de Crevelt? -- Oui, sire, voilà ma blessure, sur cette main. -- Oh! ce n'est pas grand chose. -- Sire, c'est trop. Réponse digne de la remarque et du sentiment qui la fit faire. Que répliqua le Roi? il rougit et se tut.

'Pourquoi changer? nous sommes si bien' disoit Beaujon. Dites à M. Collin:

Vous ne croyez donc pas qu'il soit des maux réels?

PLINVILLE.

TRES PEU.
(*Optimiste*, acte 3, scene 9).

---

[3] *Sic.*

Quoi qu'on en ait, il faut nécessairement prendre de l'humeur à cette réponse extravagante. Eh quoi, M. Collin! avez-vous peur que vos patrons ne courent trop tôt ou trop vite au secours de ceux qui souffrent si réellement? Et vous même, vous, qui nous apprenez par tant de moyens les maux dont vous vous dites accablé, les agonies périodiques dans lesquelles vous tombez, quel[4] est donc l'espèce de dévouement que vous vous imposez, en démentant vos propres souffrances pour complaire aux gens qui veulent, à toute force, qu'il n'y ait point de malheureux, parce qu'ils ne veulent rencontrer ni obstacles, ni déplaisirs, ni demandes, ni plaintes, ni reproches?

Avançons cependant, et suivons les solutions dont M. Collin se sert pour démentir les vérités qu'il s'objecte.

MORINVAL.
Ne comptez-vous pour rien l'avarice sordide,
L'ambition, l'envie et la haine perfide?

PLINVILLE.
Oui, ces mots sont affreux; mais les choses sont rares.
Au siècle où nous vivons, il est fort peu d'avares.
(*Optimiste*, act 3, scène 9).

Fort peu? c'est-à-dire, qu'il y a pis que des avares. Ce n'est pas à thésauriser qu'est le plus grand mal; c'est à se croire tout permis et à se permettre tout, pour envahir la substance du peuple, afin de la répandre soudain sur d'autres fripons, valets vicieux et scélérats complaisans, avec une prodigalité insensée, et sans frein ni choix; c'est à dessécher la surface du royaume pour engraisser les Séjan, les Narcisse, les catins, des mains desquels ces vols retombent sur des gens pires que les premiers, si toutefois la chose est possible.

D'envieux, Dieu merci! je n'en connais pas un.
(*Optimiste*, acte 3, scène 9).

Voilà justement ce que les Théologiens appellent un péché contre le Saint-Esprit, et qui est irrémissible.

---

4   *Sic.*

La haine enfin n'est pas un vice très commun.
(*Idem*).

Oui, je conviens que cette haine franche, ouverte et déclarée qui part d'une âme forte, libre, ferme et austère, je conviens, dis-je, que cette haine est rare. J'ajoute que bien s'en faut qu'elle soit un vice, car
Le juste au méchant ne doit point pardonner.
(Voltaire, *Mahomet*, acte 2).

Mais quelle[5] est commune et détestable cette haine des fourbes, cette haine des hypocrites, toujours vicieuse et par la cause et par l'effet! O les perfides imposteurs que ces doucereux méchans dont la langue acérée vous calomnie en secret avec adresse, et affecte de vous louer, et de vous plaindre en public, avec plus d'adresse encore; dont la main est au grand jour toujours munie d'un baume empoisonné à mettre sur la blessure que leur poignard vous a faite dans les ténèbres! Cette haine n'est pas rare; c'est celle des lâches, d'une méchanceté trop calculée pour se compromettre.
saepè sub immotis............
Vipera delituit, coelumque exterrita fugit.
(Virgile. *Géorgiq*. I.)

PLINVILLE *continue*.
L'ambition peut-être est un peu plus commune;
Mais soit qu'elle ait pour but les *honneurs, la fortune*,
C'est un beau mouvement, qui n'est pas défendu,
Souvent loin d'être un vice, elle est une vertu.

Pour peu que vous connoissiez les patrons à qui M. Collin distribue des encouragemens et en faveur desquels il professe cette morale, vous comprendrez sans peine que ce n'est pas de l'amour de la solide gloire dont il s'agit ici, non plus que la prévoyance domestique. On parle aux gens selon leurs moeurs; c'est donc l'ambition proprement dite et la cupidité qu'il conseille aux grands et aux riches, et qu'il leur présente *comme un beau mouvement qui n'est pas défendu*. M. Collin est le premier à qui j'entends dire que l'ambition est une vertu. Quant à moi, j'ai beau consulter l'histoire de tous les peuples, de tous les âges, l'expérience, le coeur humain, la

---

5 *Sic*.

nature des choses, je ne connois pas de passion plus funeste à la société que l'ambition. Je ne comprends pas, je ne soupçonne pas quel vrai bien peut en découler, je ne connois pas d'erreur, de crime et de désastre entre les hommes qui n'en dérive nécessairement. Je regarde l'ambition comme l'unique pierre d'achopement du bonheur des nations; l'ennemie implacable de l'égalité ne peut être louée que par des esclaves. Un volume ne suffiroit pas à cette matière, et certes, je demeure ébahi d'entendre prêcher de pareils principes. Je sais de plus, et j'en gémis, qu'il n'est pas encore défendu, en France, de posséder vingt et trente millions de fortune, d'être seul maître d'une région, tandis que les trois quarts des Français ne possèdent rien. Je savois bien que les gens puissans n'avoient pas besoin qu'on les poussât à tout envahir; je savois encore que c'étoit leur faire plaisir que d'encenser leur gloutonnerie, mais, en vérité, je ne m'attendois pas à voir prêcher à bon escient et sur les toîts l'accaparement de la puissance et des fortunes. Cessons d'être surpris de l'impudente audace avec laquelle on couroit aux abus, et des moyens abominables employés pour les multiplier: de tels paradoxes affligent. Je succombe à l'affluence des rapports douloureux que mon imagination embrasse dans ces maximes; mon zèle dégénère en abattement. Ah! la révolution étoit immanquable! Si la licence des malversateurs ne pouvoit s'accroître, la déraison de leurs panégyristes ne pouvoit empirer.

Cependant il faut combattre des maximes encore plus pernicieuses, et vous montrer, lecteur, à quels excès d'aveuglement et d'extravagance conduit le projet d'excuser et de justifier les méchans. M. Collin va nous prouver qu'on ne peut complaire aux égoïstes sans trahir la société, et aux vicieux sans bouleverser la morale.

N'avez-vous pas pensé jusqu'ici que la société n'a d'autre fondement que cette réciprocité d'intérêt fraternel, de secours et de garantie qui lie les humains, de manière que les biens et les maux soient savourés et supportés par tous avec le plus d'équilibre possible? Eh bien! M. Collin est d'un avis absolument opposé. Il veut que chacun ne songe qu'à soi; que les malheurs et les fléaux frappent la nature humaine, c'est tant pis pour celui qui en souffre. Le principal, selon lui, c'est de s'en garantir. Aille la société comme elle pourra, pourvu qu'il soit à l'abri; que les hommes soient tourmentés, affamés, nuds, brûlés, engloutis, tout cela n'est rien; peu lui importe,

Pourvu qu'il soit seigneur d'une lieue à la ronde,
Et maître d'un château le plus joli du monde.
(*Optimiste*, acte 1, scène 10).

Ne vous sentez-vous pas accablé de cet affreux systême? et que sera-ce, que direz-vous lorsque vous verrez ces atrocités finement déguisées sous un style badin et emmiellée de toutes les grimaces d'une fausse sensibilité, se débiter d'un ton le plus aisé, le plus leste, le moins douteux, et comme les dogmes les plus positifs et les plus naturels? Ne vous avisez pas d'aller déplorer devant M. Collin la catastrophe de dix mille familles englouties par le tremblement de terre de Lisbonne, parmi lesquelles se sont peut-être trouvés votre mère, votre épouse, votre fils. Gardez-vous de vous attrister au souvenir du désastre de la Calabre, où il se peut fort bien que partie de votre fortune ait péri avec vos correspondans. Ce seroit bien pis, si parce que vous vous intéressez aux sciences utiles, à ceux qui les cultivent, à votre ami qui est de ce nombre, vous aviez la sottise d'être en peine de M. de la Peirouse et de son escadre, et que vous en témoignassiez quelque chose à M. Collin! il ne manqueroit pas de vous dire avec toute la sensibilité possible et avec non moins de graces:

PLINVILLE.
Vous parlez de volcan, de naufrage...eh! mon cher,
Demeurez en Touraine, et n'allez pas sur mer.
(*Optimiste*, acte 3, scène 9).

Quand on s'y prend de cette manière, et qu'on est parvenu à ce comble de philosophie, vous voyez qu'il n'est pas difficile d'*être content de tout*.
Négocians utiles, marins intrépides, matelots infatigables,
Per mare pauperiem fugiens, per saxa per ignes.
(Horat. *ép.* I. i.).

allez donc chercher à M. de *Plinville* la soie et le coton dont je le vois vêtu, le riz dont il lubréfie son estomach, le sagou dont il empâte sa poitrine desséchée; le quinquina avec lequel il vient de congédier sa fièvre; la gomme élastique, matière admirable des sondes qui tempèrent et guérissent ses douleurs de vessie; la pomme de terre, ce précieux bienfait du nouveau-monde, qui a déjà vingt fois préservé de la famine la plus belle partie de l'ancien; le café qu'il vient de prendre et le sucre dont il l'a assaisonné; l'indigo, le fernambouc, le campêche dont je vois que ses vêtements sont teints; les diamans que je vois aux oreilles de madame son épouse et de mademoiselle sa fille: allez donc lui chercher tant et tant d'autres productions qu'il aime beaucoup, dont il se sert, et dont les échanges continuels ont produit des milliards d'aliquotes de bénéfice, qui l'ont peut-être rendu seigneur de son château, vérité dont il ne se doute pas; allez, vous recevrez les témoignages de sa *sensible* reconnoissance.

O mes amis! je tâche de prendre ceci du côté puérile; je m'efforce de rire, mais je ne le peux pas. L'indignation surmonte la pitié, l'humanité l'emporte sur le mépris. Eh! ne voyez-vous pas que ce PLINVILLE, cet homme dur, non par tempéramment et avec grossiéreté, ce qui ne seroit rien, mais par calcul et avec les graces de l'aménité, ce qui est incurable, et va dire autant de tous ceux qui souffrent et périssent des services rendus à la société? Ne voyez-vous pas les froids heureux du siècle se tenir forts de ces principes, et se pardonner leur impitoyable égoïsme? Essayez donc de les implorer après vos infortunes..... `Monsieur, je suis ruiné, l'on m'a fait banqueroute. -- Eh! mon cher, gardez votre argent, ne faites pas le commerce. -- Je suis tombé du haut d'un toit, ma cuisse est cassée. -- Restez dans votre maison, ne vous faites pas couvreur. -- Cette nuit, en éteignant le feu d'une maison, je me suis brûlé le bras. -- Dormez dans votre lit, pourquoi vous faire pompier? Mon hôtel est enregistré à la Compagnie d'Assurance...' Oh! l'horreur! l'horreur! voulez-vous gager que nos patelins vont trouver que j'ai tort, et qu'après m'avoir accusé de manquer de sensibilité, moi-même, ils me demanderont sur tout ceci, qu'est-ce que cela me fait?

PLINVILLE.

On fait de méchans vers? Eh! ne les lisez pas.

(*Optimiste*, acte 3, scène 9).

Comme il suffisait de ne pas lire de méchans vers pour que les *poètes méchans* ne fussent plus à même de nuire à la société; comme si des vers immoraux ne pouvoient pas être assez bons pour être lus.

Il en paroît beaucoup que je vois dans ce cas.

(*Optimiste*, acte 3, scène 9).

Et beaucoup de poètes qui prendraient une telle parodie sur le pied de compliment, pour mieux prouver le sophisme de M. Collin, et la distinction que j'y fais.

PLINVILLE *continue*.

Bien des gens, dites-vous, doivent; sans contredit
Ils ont tort; mais pourquoi leur a-t-on fait crédit?

Que répondre à ces gentillesses, à moins que je ne charge de ce soin M. Collin lui-même?

M. COLLIN, *en parlant de lui*.

Je regrette sur-tout ma respectable hôtesse,
Sa longue patience et sa délicatesse;
Je n'oublirai jamais sa constante amitié.
Je la payois fort mal, étant fort mal payé,
Eh bien ! elle attendoit.

('Mes Souvenirs', Pièce de vers de M. Collin, insérée dans *l'Almanach des Muses*, 1789).

Quand M. Collin n'auroit pas trouvé dans son fait la cause de la majeure partie des dettes, et le remède à l'impossibilité actuelle de les payer, il ne faudroit pas jetter des cris de surprise sur la condescendance de ses principes en matière d'engagement de débiteur à créancier. Il est fort leste sur cette partie de la foi publique. C'est avec beaucoup d'adresse qu'il établit son opinion à cet égard par la bouche de son Plinville, qu'il rend victime d'une banqueroute, bagatelle dont Plinville rit lui-même, pour provoquer la gaîté et sur-tout l'insouciance des spectateurs.

PLINVILLE, *en ouvrant la lettre*
qui renferme la nouvelle de la banqueroute.

Tous nos fonds de Paris sont perdus;
Dorval au jeu perd deux cents mille écus.
C'est trois cents mille francs que ce jeu-là nous coûte,
Car le PAUVRE Dorval manque et fait banqueroute.

PICARD.

Banqueroute, Monsieur? ah! le maudit fripon.

PLINVILLE.
IL N'EST QUE MALHEUREUX.
(*Optimiste*, acte 4, scène 4).

Cette étrange conclusion s'accorde parfaitement avec le motif précédent il est heureux au jeu, et atteste sans équivoque le genre de délicatesse de Plinville et la sécurité de sa conscience et de sa pudeur à fonder la prospérité de sa maison sur le tapis verd.

On conçoit que les fripons opulens dont les grandes villes de France sont pleines, que les nobles *réducteurs* du Contrôle, gens très *malheureux* aussi à leur jeu favori, sont à l'abri de la censure, et sur-tout de la poursuite, au moyen de ces maximes et de cet exemple; et qu'à l'apparition de l'épouvantable *defficit*, c'étoit faire sa cour assez bien que de préparer ainsi l'opinion publique.

Ce n'est pas que Plinville ne fasse l'aveu du dommage que lui cause la perte de ces cents mille écus. Mais ce n'est pas lui précisément que cette perte accable, ce n'est pas de lui qu'il s'embarrase[6]. Mon Dieu! il lui faut si peu de chose! Il lui reste encore, Dieu merci, trois cents mille livres de bien, et il tâchera de vivre comme il pourra avec cette bagatelle. Mais son âme paternelle et sensible ne peut que difficilement se faire à l'idée de voir sa fille, fille unique, condamée[7] au célibat.

PLINVILLE.
... Ma fille, à quel sort je te vois condamnée
....
Tu vas donc près de nous user tes plus beaux jours.
(*Optimiste*, acte 4, scene 5).

Le moyen qu'il entre dans la tête de Plinville, d'un gentilhomme qui n'est pas *Limousin*, que sa fille peut épouser un homme de *naissance* et vivre en dame de qualité avec la seule perspective de cent mille écus de fortune. Car il faut être juste; un seigneur, un homme qui n'est pas né *paysan* et qui veut vivre *content de tout* ne peut, en conscience, se dépouiller d'une centaine de mille livres pour marier sa fille. Il ne lui resteroit que dix mille livres de rente. Impossible d'y penser. Aussi Plinville pleure-t-il beaucoup sur cette nécessité évidente qu'il avoue à sa

---

6   *Sic.*
7   *Sic.*

fille. La pauvre petite, peu occupée d'intérêt, console ce bon seigneur, qui se trouve tout-à-coup enchanté de n'avoir payé que cent mille écus quelques larmes théatrales de sa consolatrice. Quel charme pour les pères gentilshommes, de voir avec quelles démonstrations de sensibilité on peut cependant conserver l'intégrité de son revenu! Que l'affliction est douce alors!

Il faut plaindre celui qui jamais ne s'afflige,
Il n'a pas le bonheur de se voir consolé.
(*Optimiste*, acte 4, scène 5).

Et telle est la manière adroite et indirecte de montrer dans un beau jour et d'affermir dans leurs habitudes, les pères qui n'aiment pas plus à se dépouiller pour établir leurs enfans, qu'à se figurer qu'on peut les établir sans cette richesse excessive et ce faste qui maintenant plus que jamais sont devenus la base des mariages de gentilhomme. Tout cela est bien dans nos moeurs.

Vous avez donc vu que M. Collin n'aime pas qu'on fasse crédit. Nous ne nous arrêterons pas à la profondeur de ses idées en matière d'économie politique, rendons-lui la justice de dire qu'il n'est pas de ces gens qui ne savent que supprimer les ressources de la société, sans rien mettre à la place. Il donne au contraire un moyen sûr de se passer d'emprunts. C'est de viser au solide. Son principe à cet égard est prècis et immanquable: aussi c'est à qui s'en servira; aussi produit-il au spectacle un effet surprenant, et l'on ne sait trop ce que l'on doit y déplorer le plus, ou du précepte qu'il renferme, ou de l'avide satisfaction de ceux qui l'écoutent. J.J. Rousseau a fort bien remarqué (*Lettre sur les Spectacles*), que l'un des inconvéniens du théâtre étoit, que pour avoir des succès faciles, les poëtes se voyoient obligés de caresser les vices des spectateurs. M. Collin n'a rien négligé sur ce point; mais il s'est surpassé dans un trait où il ne marchande pas la morale. Si les applaudissemens lui sont plus chers que l'amendement de son auditoire, il peut se vanter d'avoir fait un bon marché.

Un maréchal-de-camp, autre joueur de profession, se présente pour acheter la terre de *Plinville*, quand précisément celui-ci a besoin de la vendre, et le prix en est fondé sur deux cents mille écus que l'officier général vient de gagner au jeu, d'un seul coup, à un homme immanquablement ruiné par cette perte.

MADAME DE PLINVILLE, *étonnée.*

Quel est celui qui perd une somme si forte?

PLINVILLE.

Bon! le connoissons-nous? ainsi que nous importe!

VOYONS CELUI QUI GAGNE, ET NON CELUI QUI PERD.

(*Optimiste*, acte 5, scène 12).

Effet remarquable de l'universalité de ce sentiment inhumain et sordide! la salle entière par d'un cri de joie à ce vers caractéristique:

Voyons celui qui gagne, et non celui qui perd.

Vers de Juif! maxime odieuse! mais vérité triste, sous tous les rapports! oui, c'est toujours la faveur que l'on courtise, le testateur que l'on vénère, le puissant que l'on encense; c'est la plus riche qu'on épouse, le protégé que l'on vante, l'opulent que l'on recherche, l'homme en place que l'on flatte, l'homme heureux que l'on célèbre. Par-tout, chez un peuple corrompu, chacun se dit:

Voyons celui qui gagne, et non celui qui perd.
....
Dat veniam corvis, vexat censura columbas.
(Ovid, ép. 7).

Est-ce par un semblable motif, et par la même propension que M. Collin a renchéri sur l'inhumanité du siécle? Mais est-ce à l'homme de lettres, à l'instituteur public à épouser, à sanctionner les erreurs qu'il doit proscrire? *Voyons celui qui gagne*? Et pourquoi? Pour participer à son lucre? *et non celui qui perd*? car vous auriez à le consoler ou à le secourir? Ce sentiment est désolant, il désespere l'infortuné, il enlaidit l'espérance, il dénature la société, la dissout, et la fait voir avec horreur. O! qui que vous soyez, bon ou méchant, voudriez-vous d'une épouse, d'un ami dont la maxime seroit:

Voyons celui qui gagne, et non celui qui perd?

Je ne dirai autre chose sur ce vers, sinon qu'il est la digne et la juste épigraphe de l'OPTIMISTE.

En effet, je viens de prouver que cette comédie ne tend qu'à affermir les grands et les riches dans leurs usurpations phisiques et morales, qu'à pallier leur cupidité, qu'à effacer l'odieux de leurs vexations, qu'à légitimer leur égoïsme. Par contrecoup, elle porte les opprimés à accepter la servitude, les dupes à l'insouciance, les victimes de l'arbitraire à la lâcheté et les malheureux au silence.

PLINVILLE.
Que gagnez-vous, de grace, à gémir de la sorte?
Vos plaintes, après tout, ne sont qu'un mal de plus.
Laissez donc là, mon cher, les regrets superflus.
Reconnoissez du ciel la sagesse profonde,
Et croyez que tout est pour le mieux dans le monde.
(*Optimiste*, acte 3, scène 9).

N'est-ce pas là ce que les ministres de la tirannie et les agens nombreux du despotisme ne cessaient de prêcher et de faire prêcher au peuple? Et voilà le conseil qu'il fallait suivre après qu'on vous avait dépouillé, molesté, emprisonné, torturé, si vous ne vouliez recommencer sur nouveau frais cette série de souffrances et de vexations, et tout cela parce qu'on était sans courage pour se plaindre et sans énergie pour armer de la plume ou du glaive la justice naturelle et le droit des nations. Et M. Collin a prétendu qu'*il avoit grand sujet de dire, tout est bien.*

Cependant comme il suffit moins de convaincre d'erreur ceux qui nous attaquent, que de sauver les apparences, lorsqu'on veut tout-à-la-fois faire prendre le change sur ses intentions, et en recueillir le fruit, il pourroit arriver que les défenseurs de M. Collin, ou les partisans de son systême, prétendissent qu'il n'a voulu présenter dans *Plinville* que le ridicule de l'Optimisme. Quoique ce faux-fuyant ne pût être considéré que comme une gambade, je le démens. Je veux épargner à nos sages subtils ce dernier trait de caractére, et je dis que c'est à bon escient que *Plinville* est offert à la société et sur-tout aux malheureux comme un modèle à suivre. Outre que l'action de l'Optimiste est conduite de manière que ses sophismes et ses extravagances ont le plus heureux succès, M. Collin écarte tout subterfuge, puisqu'il dit lui-même dans sa préface, en parlant de l'Optimiste, '*je puis, je crois, sans qu'on me taxe de vanité, LOUER ce caractère..... j'en ai trouvé le modèle dans la maison paternelle..... c'est mon PERE.*' Or on peut se féliciter d'avoir démêlé un caractère que l'on présenterait comme un ridicule. On expose les bizarreries de la société à la risée publique, mais on ne ridiculise pas son PERE. Enfin celui qui trouverait un *Jourdain*, un *Sottenville* dans sa famille, pourroit à la vérité profiter des traits que lui offrirait la maison paternelle; mais il ne publierait pas, avec complaisance, que c'est son PERE qu'il livre en proie aux moqueries du parterre. Enfin voici, mot-à-mot, comment, dans une lettre particulière, M Collin s'explique sur le caractère de Plinville: '*J'ai eu dessein de présenter sur la scène un BON PERE,* (qui garde quinze mille livres de rente pour lui, et le célibat pour sa fille unique;) *UN BON MARI* (qui place sa fortune chez un joueur, parce qu'il est heureux au jeu;) *UN BON MAITRE* (qui ne trouve pas dangereuses les blessures gagnées à son service;) *un peu bon-homme, à la vérité,* (oui, qui voit *bonnement* celui qui gagne, et non celui qui perd;) *mais point ridicule; tel enfin, qu'on RIT AVEC LUI, mais non de lui.'* (Lettre de M. Collin à M. *Boursault Malherbe*, à qui j'ai déclaré l'usage de l'extrait, et qui me l'a permis.). Il est donc incontestable que *Plinville* nous est donné comme un traité vivant de morale, comme une excellente méthode de conduite dans les évenemens de la vie et dans la maniere de se comporter avec les méchans et les fripons.

On seroit encore mal venu de me donner en preuve de la bonté du systême de M. Collin, les heureux fruits de la résignation et de l'insouciance de PLINVILLE, et la cascade de ses revers établis avec précaution pour la conduite à la prospérité de ses affaires et à son plus parfait contentement. En bonne foi, est-ce un homme bien à plaindre et bien infortuné que ce *Plinville*? que signifient les prétendus désastres dont M. Collin a soin de l'affliger? c'est se moquer des gens que de nous donner la migraine d'une femme, qui fait manquer une partie de plaisir, comme une grave affliction et l'une des miséres de la vie humaine. Bien difficile, en verité, de se consoler de l'incendie d'un grenier à foin, quand on possède une superbe terre et ses dépendances; d'être insensible à la mort d'un perdreau, quand on n'est pas, apres tout, un tiran féodal; et de ne pas se pendre de ce que l'on perd cent mille écus, quand il vous en reste encore cent mille! Tels sont en total les malheurs terribles que l'insouciance de *Plinville* surmonte. Pure supercherie, que de faire résulter d'un ensemble de situations frivoles, la prétendue excellence des principes de la lâcheté et de la servitude! Au lieu de nous offrir *Plinville* ridiculement infortuné, pour nous le montrer servilement sage, pourquoi M. Collin ne nous l'a-t-il pas prèsenté tels que nous sommes, tels que nous étions, nous malheureux François et depuis si longtems? il a voulu faire de *Plinville* un père tendre et sensible; ce *Plinville* a une fille jeune, jolie, spirituelle et vierge; que n'a-t-il fait convoiter cette fraîche enfant par un duc, par un intendant, par un factotum de commis? d'où vient qu'à la résistance de la fille, qu'à l'indignation du père, il n'arrive pas une lettre de cachet qui, dispersant la famille, pour la sûreté accoutumée de l'état, jette le père dans le fond d'un château fort et la fille dans un dédale de séductions d'où elle sort flétrie, corrompue et dénaturée? Est-ce l'exemple qui nous manque? M. Plinville a une femme surannée et grondeuse, pourquoi n'en a-t-il pas une jeune, belle, altière, dissipée, ambitieuse, coquette, cupide et libertine? Nous n'aurions pas tardé de voir un prince, un evêque, un ministre, un cordon bleu, un lieutenant de police sequestrer ce benet de *Plinville* à Charenton, et son impudique épouse traîner dans un char ètrusque la honte et la fortune de l'epoux vraiment infortuné. Est-ce l'exemple qui nous manque? Pourquoi *Plinville* n'est-il pas un brave et loyal mititaire couvert de blessures, sollicitant vainement du pain dans l'arrière anti-chambre d'un commis, tandis qu'un jeune fat amant d'une messaline de cour, passe en riant près de lui, le coudoie, le toise avec effronterie et l'ecrase de son insolence radieuse de cent mille livres de rente? est-ce l'exemple qui nous manque? pourquoi M. Collin n'a-t-il pas fait de *Plinville* un bienfaiteur trahi par son obligé et emprisonné pour sa bienfaisance? un innocent chargé de fers et de calomnies, torturé dans la pensée par un enquêteur criminel; dans sa confiance par un mouton,[8] dans les premiers besoins de la vie, par un geolier, et dans son honneur enfin, par des juges ignorans ou vindicatifs, ou vendus? Est-ce l'exemple qui nous manque? que n'en a-t-il fait un cultivateur dépouillé par un voisin puissant? un vigneron à la journée, accompagné de mille autres, qu'un coquin d'intendant comdamne[9] à transporter de la montagne à la rivière et *par corvée* une coupe de bois de deux mille arpens, parce que cet intendant et sa maîtresse auraient reçu, en bons rouleaux, des mains des exploiteurs, le dixieme de la valeur effective du charoi de ces bois? Est-ce l'exemple qui nous manque?

---

8 Note dans la première édition: '(1) un MOUTON, dans l'ancienne jurisPRUDENCE (*sic*) criminelle, et qui subsistera jusqu'à l'établissement des JURES, était un brigand, un scélérat épouvantable, espèce d'officier secret de la Justice, que l'on mettoit en prison à côté de l'accusé que l'on ne pouvait convaincre, c'est-à-dire, que l'on vouloit perdre. Le *mouton* tâchoit de gagner la confiance de cet infortuné, sous le voile de l'amitié; et au moyen des épanchemens sacrés de ce sentiment, il lui tirait, comme on dit, *les vers du nez*; sinon sur l'accusation prétendue, si elle étoit injuste, du moins sur les évènemens de sa vie entière, que les Juges fouillaient avec acharnement, et si bien qu'il ne manquoit pas d'en sortir AUTRES CAS RESULTANS DU PROGRES, (*sic*) [procès?] et de-là, condamnation quelconque. Voilà quelles étaient les belles institutions de l'OPTIMISME du siècle.'
9 *Sic.*

pourquoi n'en-a-t-il pas fait un Rainal, un J.J. Rousseau persécutés de climat en climat par des sots et des cuistres, pour avoir instruit leur patrie et le monde? ou quelqu'étourdi, lestement étranglé dans la tour du trésor pour une douzaine d'hémistiches contre une courtisanne? ou un déplorable *la Tude*, renfermé et supplicité pendant trente-cinq ans, dans des cloaques, avec un raffinement de cruauté à désesperer la pensée et à faire bouillir le sang humain?... Plinville eût-il osé dire alors que *tout est bien*? eût-il été *content de tout*. Pourquoi?... eh! juste ciel! on remplirait cent volumes de pareilles souffrances, qui certes ne sont pas supposées: et M. Collin n'a garde de toucher à ces vérités. C'est le feu du ciel qu'il fait descendre pour brûler quelques bottes de paille à son plaisant infortuné, tant il a peur de compromettre les vrais génies malfaisans, tant il est soigneux d'écarter loin des pestes publiques, les inductions et les soupçons que jetteraient sur les méchans la moindre petite adversité habituelle.

M. Collin ignorait-il ces abus monstrueux et ces persécutions criantes? il ne connaît donc ni les hommes, ni le monde, ni la situation de sa patrie? De quoi s'avise-t-il alors de travailler à son instruction? mais que dis-je, son ouvrage même prouve qu'il connaît fort bien les misères de l'humanité et les malheurs de la France. Il a donc voulu, bien positivement nous abuser sur nos infortunes et en appuyer les auteurs.

Mais, M. Collin pouvait-il parler, en 1788, des horreurs de l'ancien règime? qui l'eût osé? moi, je l'ai fait; est *modus in rebus*. D'ailleurs quand on n'a pas le courage de plaider pour les malheureux, on a la pudeur de ne pas encourager les méchans. Si l'on n'ose pas dire aux puissans tout va mal, quand cela est, on ne dit pas aux faibles *tout est bien*, quand cela n'est pas. Quel nom donner à cette séduction rafinée, à cette politique astucieuse? c'est trahir la vérité; c'est tourner contre la patrie l'instruction qu'on a puisée dans son sein, c'est mentir à sa consience[10] que de fasciner les yeux de ses concitoyens sur leurs advessités,[11] pour les préparer et les disposer à de plus grandes: c'est être cruel que d'employer à perpétuer nos maux les talens qu'on n'a reçus de la nature que pour prêcher sa doctrine, propager son influence, et rétablir son empire.

Je me suis élevé avec force contre la doctrine répandue dans la comédie de l'Optimiste, parce qu'elle attaque les droits de l'homme et la dignité de son être; parce qu'elle tend à rompre les liens de la société en étouffant ce fondement de la morale, la pitié, la base de toutes les vertus; parce que j'ai

---

10 *Sic.*
11 *Sic.*

vu dans cet ouvrage les principes cachés du fatalisme qui n'a jamais fait que des esclaves, et le dessein formel d'attribuer des droits naturels et primitifs aux abus qui surchargent et dégradent ma patrie. Avant d'attaquer directement cette comédie, j'ai composé *le Philinte de Molière* pour la combattre; j'ai conçu mon action de manière à détruire par autant de vérités chaque sophisme de M. Collin. C'est aux moralistes à juger si la victoire est de mon côté: la raison s'y trouve, j'en suis bien sûr.

Je me tais sur tout ce qui concerne la litterature relativement à ma comédie; elle porte sa critique et sa défense; les préfaces sont parfaitement inutiles sur ce point. Quant au talent de M. Collin, c'est assurément avoir eu le malheur de le louer que condamner aussi sévèrement l'emploi qu'il en a fait. Je n'ignore pas, à la honte des moeurs et au grand détriment de mon pays, que les gens-du-monde, et qui pis est les lettrés, font bien plus de cas de la forme que du fond. A l'exception de quelques écrivains essentiellement épris de la morale, je n'ai vu que le peuple qui sut s'attacher aux choses. Il serait bien tems que les arts, répudiant les esclaves, apportassent leur influence dans la chose publique. J'appuyerai de tous mes efforts cctte noble résolution. La nature a borné la mesure de mes talens, mais mon ame est insatiable du bonheur d'être utile.

Appendice 3

RECEPTION DE LA PREMIERE REPRESENTATION
DU
PHILINTE DE MOLIERE OU LA SUITE DU MISANTHROPE
(22 février 1790 au Théâtre françois)

Le témoignage d'une sélection représentative des journaux d'époque

Le Journal de Paris (quotidien), mardi 23 février, 1790.

Il n'est peut-être aucun amateur de la Scène françoise qui, voyant afficher une Comédie nouvelle sous le titre du *Philinte de Molière*, ou *la Suite du Misantrope*, ait pu n'être pas étonné de la hardiesse, tranchons le mot, et la témérité d'une pareille entreprise. Il est donc nécessaire, pour ne pas s'exposer à porter un jugement partial ou passionné en prononçant sur cet Ouvrage, de repousser, pour ainsi dire, ce respect qu'inspire la mémoire des grands hommes tels que Molière, de se prémunir contre cette espece de fanatisme, utile au talent, et excusable aux yeux de la raison.

C'est ce que tout le monde n'a point fait en voyant la Suite du Misantrope; puisque plusieurs personnes ont temoigné de la sévérité; mais le plus grand nombre des spectateurs en applaudissant avec la plus grande vivacité a paru se souvenir de la difficulté de cette tentative, que pour décerner à l'Auteur un triomphe plus éclatant.

Son but, en reproduisant *Alceste* et *Philinte* sur la scène, c'est le développement de ces mêmes caractères, transportés dans des situations différentes. Deux événements forment l'action de la Pièce; d'un côté c'est *Alceste* qui, pour avoir voulu protéger un innocent opprimé, voit sa liberté menacée par un decret; de l'autre, c'est un billet de deux cents mille écus surpris à *Philinte*, avec sa signature, par un frippon d'Intendant.

Alceste, instruit par hasard de cette trahison, sans savoir que c'est son ami *Philinte* qui en est l'objet, s'adresse à lui pour la faire avorter par le credit d'un parent, Ministre puissant et estimé. *Philinte,* égoiste froid et inébranlable, refuse de s'employer, d'user son crédit pour rendre ce bon office, et les vertueuses instances d'*Alceste* ne servent qu'à mettre au grand jour l'odieuse apathie de son ami.

Enfin, on arrive pour exiger le payement du billet; *Philinte* est bien confus et bien puni de sa froideur, en apprenant que c'est à lui-même que le billet a été surpris; et il n'est délivré de ceux qui sont venus pour l'arrêter, que par la générosité d'*Alceste*, qui le cautionne pour les deux cents mille écus. Ce vertueux ami fait plus; il parvient à confondre le fourbe, à retirer le billet, et lui-même il recouvre sa liberté en prouvant son innocence.

M. Fabre d'Eglantine est l'Auteur de cette Comédie qui en général a réussi, et qui mérite beaucoup d'estime. Ce qu'on a surtout à juger dans son ouvrage, c'est la peinture des deux caractères d'*Alceste* et de *Philinte*, et quoique la nuance n'y soit pas toujours bien exacte, elle nous a paru digne de beaucoup d'éloges.

Alceste dans sa nouvelle position, est plus à portée de développer son amour pour la vertu que sa haine pour le vice, quoique ce dernier sentiment y éclate plus d'une fois. Pour *Philinte* dont *Molière* n'avoit fait qu'un flatteur par politesse, M. d'Eglantine en a fait un coeur atroce par égoisme. Ce dernier personnage a souvent déplu; mais moyennant quelques changemens légers, nous croyons qu'en s'accoutumant à le voir, on s'occupera moins de la laideur du portrait que de la vigueur du pinceau qui l'a tracé. Nous pensons au moins que la manière dont on instruit et punit l'insensible *Philinte*, qui, en se moquant de celui qui a été dupe, n'a fait que parler contre lui-même, est une conception vraiment dramatique. Il y a aussi de belles, de très belles masses dans le rôle du Misantrope.

On peut reprocher au style d'être trop souvent obscur et embarrassé. On trouve aussi dans le plan plus d'une invraisemblance et des longueurs; mais ce qui, dans cet Ouvrage, ne paroitra pas digne d'éloges, sera jugé avec moins de rigueur par ceux qui connoissent les difficultés qu'offre la Comédie en général, et celles qu'offroit en particulier un pareil sujet. En un mot, cette Pièce prouve dans son Auteur cette faculté d'imagination qui sait créer, et cette connoissance du Théâtre nécessaire pour exécuter avec succès.

M. Molé a obtenu le succès le plus brillant et le plus mérité dans le rôle d'Alceste.

La Chronique de Paris (quotidien), mardi 23 février, 1790.

Le titre du *Suite du Misanthrope* avoit un peu inquiété sur le succès de la pièce jouée avant-hier, pour la première fois, au Théâtre François; elle a pourtant pleinement réussi, et a été très applaudie avec justice.

Alceste, persécuté et décreté pour avoir défendu le champ d'un paysan qui était à la convenance d'un homme puissant, arrive à Paris, chez *Philinte*, marié avec *Eliante*. Cet ami d'Alceste, devenu riche et puissant par la nomination de l'oncle de sa femme au ministère, et créé comte de Vallancey,[1] est en même temps devenu aussi un dur égoïste, il refuse d'aider Alceste à faire connoître ses droits. Alceste demande un avocat: celui-ci homme très honnête, ne peut se charger de son affaire, parce qu'il est occupé à démasquer un faussaire qui a abusé de la signature d'un homme riche, et exige de lui deux cents mille écus. Il faudroit, pour intimider ce fripon, le crédit d'un homme en place. Alceste, toujours empressé d'être utile, propose de faire agir Philinte; mais il s'est trop avancé: celui-ci se refuse aux instances d'Alceste et aux prières de sa femme; enfin un procureur arrive pour solliciter le paiement du billet, et il se trouve qu'il est fait au nom du comte de Vallencey, à *Robert* son intendant, qu'il a chassé. Alceste ne songe qu'à secourir Philinte dans l'infortune: on le poursuit, on veut l'arrêter; il offre sa caution, et signe; mais son nom le fait reconnaître, et il est mené en prison lui-même; conduit devant le juge, il démasque l'imposture et la mechanceté de ses ennemis, recouvre sa liberté, va trouver Robert, le force par sa fermeté et le menace de le poursuivre en justice jusqu'à ce que les loix aient puni l'un ou l'autre, et rapporte le billet à Philinte, au moment ou celui-ci, occupé de ses seuls intérêts, ne songe guère aux malheurs dans lesquels l'amitié d'Alceste l'a précipité; il lui rend ses biens, lui ôte son amitié, et retourne à sa terre avec l'honnête avocat qui devient son ami.

Il y a dans cette pièce, des situations vraiment fortes et théâtrales, et qui annoncent un vrai talent. Le style a de la chaleur et de la verve, mais il est souvent âpre et incorrect. Si l'auteur, M. Fabre d'Eglantine, veut assurer le

---

[1] *Sic.*

succès de son ouvrage, il faut qu'il se décide à de grands sacrifices. Il a été demandé, et il a paru.

Cette pièce n'a d'autre rapport avec le *Misantrope* que le nom de quelques personnages: aussi seroit-il de l'intérêt de l'auteur d'en changer le titre.

M. Molé a joué le rôle d'*Alceste* avec une chaleur qui a entraîné tous les suffrages. Il a été aussi demandé; les applaudissemens qu'il a reçus du public, prouvent bien qu'il fait toujours cas des vrais talens, et que M. Molé a eu tort de vouloir soutenir, par l'autorité de Louis XIV et de Colbert, contre tous les principes de l'assemblée de la commune, les privilèges exclusifs des comédiens français. Il n'y a que la médiocrité qui puisse craindre la concurrence et la rivalité, et M. Molé n'a rien a redouter.

Le Spectateur national (quotidien), mardi 23 février, 1790.

Le Philinte de Molière ou *La Suite du Misanthrope*, comédie en 5 actes et en vers, jouée hier, pour la première fois, a causé quatre ou cinq murmures assez marqués, mais qui se sont plutôt attachés à quelques détails, dont l'auteur doit chasser les uns et avoir le courage de conserver les autres, qu'au fond de la pièce qui a généralement parue très-estimable, et qui a obtenu un très-brillant succès. L'espace qui nous reste à remplir ne nous permet pas d'entrer dans tous les points de discussion et d'analyse qui peuvent et doivent faire bien connoître cette pièce, contre laquelle on peut élever beaucoup de critiques, mais qui, nous osons le croire et le dire, sera plus goûtée à mesure qu'elle sera plus connue, parce qu'alors le mérite en sera mieux senti.

M. Molé a donné, depuis long-temps, de si nombreuses preuves de son inépuisable talent, qu'il étoit difficile de penser qu'il pût en fournir de nouvelles. Il a fallu se convaincre hier que ce talent toujours aussi étonnant qu'aimable, sait se plier à tous les tons, prendre toutes les formes, exprimer tous les caractères. M. Molé a joué le rôle d'Alceste dans toute la perfection qu'on peu raisonnablement désirer d'un comédien: nous avons été frappé principalement de la noblesse, de la chaleur et de la pureté de sa diction. Nous n'en avons pas vu de plus beau modèle, depuis le célèbre Préville.

Après la représentation, on a demandé l'auteur de Philinte: M. Molé a paru, au bruit des applaudissemens, et a nommé M. Fabre d'Eglantine, que le public a voulu voir et qui lui a été présenté. On a saisi cet instant pour demander la remise de *l'Heureux Imaginaire*, comédie du même auteur, dont l'année dernière on n'a pas voulu laisser achever la première représentation.

Le Journal général de France (quotidien), jeudi 25 février, 1790.

Le *Misantrope* de Molière qui, comme l'on sait, fut joué sur le Théâtre du Palais Royal en 1666, neuf mois après l'*Amour médecin* du même Auteur, fit naître, de son temps, beaucoup de critiques et beaucoup d'éloges. Ce fut le premier ouvrage où l'on vit, avec étonnement, tourner en ridicule tous les vices des grands Seigneurs. Molière avait quitté la bourgeoisie pour prendre la noblesse. On devinoit aisément quels personnages il avoit voulu désigner. Dans *Damon le Raisonneur*; le *Mystérieux Timante*; le *Géralde entêté de sa qualité*; *L'Orgueilleux Adraste* &c. Louis XIV lui-même, qui étoit digne d'apprécier le génie de ce grand peintre, voyait avec plaisir qu'aucunes considérations n'arrêtoient ses pinceaux. Le *Misanthrope* balancé avec le Tartuffe, fut traduit dans toutes les langues; un Anglois seul, Wicherley, osa dénaturer ce bel Ouvrage pour en faire un autre Misanthrope tout différent, qu'il nomma *l'Homme aux francs procédés*, et qui fut bien au-dessous de son modèle.

Il étoit difficile, téméraire même d'entreprendre de faire une suite à un chef d'oeuvre. La chûte de cette suite devoit être plus honteuse que toute autre; mais aussi le succès devoit annoncer un talent plus décidé: c'est ce que M. Fabre d'Eglantine a éprouvé avant-hier au Théâtre de la Nation.

Le *Philinte de Molière*, ou la *Suite du Misanthrope*, malgré la cabale de quelques esprits étroits, qui font toujours la guerre aux mots, a obtenu le succès le plus brillant et le mieux mérité. Voici la Fable que l'Auteur a imaginée:

Alceste, comme l'on sait, est allé

...Chercher sur la terre un endroit écarté

Ou d'être homme d'honneur on ait la liberté.

Pendant son absence, Philinte a épousé Eliante: il a pris le nom de *Comte de Valancé*[2] et pour laisser le temps de faire des réparations à son hôtel, il est venu loger, pour quelques mois, dans un hôtel garni. Son épouse l'avoit

---

2   *Sic.*

forcé à renvoyer un Intendant, nommé Robert, qu'il soutenoit très-galant homme, mais dont elle se méfioit comme d'un fripon. Sur ces entrefaites Alceste revient à Paris, chassé de ses forêts par *la malice des hommes*; il s'est mêlé d'une affaire qui ne le regardoit pas; il a protégé le faible contre le puissant; ce dernier a dirigé contre lui tous les traits de sa vengeance, et le bon Alceste se trouve décrété de prise-de-corps. Un Avocat, qu'il prend au hasard, parce que dit-il

...Du hasard seul j'attends un honnête homme

se trouve chargé d'une affaire délicate qu'il lui confie. Il s'agit d'un fripon qui réclame d'un homme qu'il a servi, une somme de cent mille écus sur un billet, faux quant à la dette, mais dont la signature est vraie; c'est une signature surprise, on n'en doute pas. Alceste engage Philinte à employer son crédit auprès d'un oncle, Ministre, pour sauver l'innocent des pièges d'un fripon. Philinte, égoïste dur, s'y refuse: le billet sort des mains de l'honnête Avocat: un scélérat de Procureur s'en empare, et lorsqu'il n'est plus temps de remédier au mal, on découvre que le demandeur des cent mille écus, n'est autre que Robert, qui réclame un billet signé du Comte de Valancé. C'est ici que brille le caractère du vertueux Alceste: il épargne des reproches à un ami malheureux, et, en répondant pour lui de toute sa fortune, il se nomme à un Commissaire qui est précisément l'officier chargé du décret de prise-de-corps obtenu contre lui.

Enfin, Alceste prouve son innocence aux juges; il intimide Robert par cet ascendant puissant que la vertu a toujours sur le crime; il retire le faux billet, le rend a Philinte; le fuit comme un vil égoïste, et retourne dans ses bois avec son Avocat, *le seul homme vertueux qu'il ait rencontré.*

Il est donc possible de répandre un intérêt puissant dans un Ouvrage, sans employer l'amour, moyen si épuisé!... Le caractère de Philinte, que le public n'a point saisi dans les premiers actes, a paru odieux et repoussant; c'est un homme léger, dur, insensible pour autrui, et qui, comme l'observe Alceste, *réduit l'égoisme en principes*: combien il y a de ces caractères là dans la société!

On a prétendu aussi que Philinte n'étoit point le *Philinte de Molière*, que le Philinte de Molière n'étoit qu'un homme du monde, au lieu que celui-ci est un monstre. Qu'on lise la Lettre de Rousseau à d'Alembert. Au milieu des déclarations un peu outrées du Philosophe de Genève, on verra qu'il a lui-même tracé le caractère de Philinte, tel que M. Fabre l'a dépeint: il a un peu chargé le tableau; ce n'est pas un défaut, c'est un effet d'optique; il n'appartient qu'aux gens versés dans la connoissance du Théâtre de l'apprécier. Enfin, cet Ouvrage, qui n'est pas sans taches, sans quelques negligeances dans le style, sans redondances dans les pensées, offre de grands effets, des beautés philosophiques, un logique saine, des vers superbes, et par-tout une verve abondante.

M. Molé s'est surpassé sans le rôle d'Alceste. On a été frappé, émerveillé de la noblesse et de la pureté de sa prononciation. Le Public a demandé l'auteur. M. Molé est venu au milieu des applaudissemens, nommer M. Fabre d'Eglantine. Toute la salle l'a demandé et il a paru. Aussi-tôt on a demandé la remise de *l'Heureux imaginaire*, comédie du même Auteur, dont on n'avait pas laissé achever la première représentation l'année dernière.

Le Mercure de France (hebdomadaire), samedi 6 mars, 1790.

C'étoit sans doute une entreprise des plus hardies en Littérature, que de donner une suite à la Comédie du *Misanthrope*. C'est ce que vient de tenter M. Fabre d'Eglantine; et pour ne pas plus dissimuler aux autres qu'à lui-même la nature de ses prétensions, il a bien franchement appelé sa pièce *Le Philinte de Molière* ou *La Suite du Misanthrope*. C'est bien ici qu'on peut appliquer ce vers de Racine:

De semblables projets veulent être achevés.

Quelques personnes auraient voulu qu'il eût choisi le titre de l'Egoïste; ce titre étoit en effet plus adroit, parce qu'il était plus modeste; mais au moins celui qu'il a préféré, a cela près qu'il établit une comparaison dangereuse, n'est nullement contraire à son but. Ces mots *la Suite du Misanthrope*, ne disent point que le Misanthrope soit le principal personnage de sa Comédie, et en la voyant, on ne doute point que Philinte n'en soit le véritable Héros: si ce caractère ressort moins que celui du Misanthrope, c'est que ce dernier, par sa nature, ayant, pour ainsi dire, plus d'explosion, est plus théatral, plus propre à captiver l'attention du spectateur.

J.J. Rousseau, dans sa Lettre sur les Spectacles, en raisonnant sur *le Misanthrope de Molière*, n'est pas pleinement satisfait de la manière dont ce caractère y est présenté; il propose un changement au plan que Molière a choisi; et c'est l'idée de Rousseau que M. Fabre d'Eglantine paroît avoir voulu exécuter.

Le Philosophe Génévois auroit désiré que Molière eût fait 'un tel changement à son plan, que Philinte entrât comme Acteur nécessaire dans le noeud de sa pièce [...] il commence à comprendre qu'il faut quelquefois prendre intérêt à la maison qu'on habite, quoiqu'elle ne nous appartienne pas'.

C'est d'après cette idée que M. Fabre d'Eglantine a construit la Fable de son *Philinte*. Il a représenté Alceste, consolé, sans doute, de la perte de *Célimène*, mais en butte à de nouvelles injustices qui ont dû nourrir sa haine contre les hommes. Retiré dans sa terre, il s'est pourtant occupé du bonheur de ses vassaux, le zèle qu'il a mis à défendre l'un d'eux, opprimé par un procès injuste, l'en a rendu lui-même la victime; et c'est pour un décret personnel qu'il revient à Paris, ou il rencontre par hasard, dans un hôtel garni, Philinte avec sa femme *Eliante*.

Voila donc Alceste de retour pour ses affaires personnelles, pour un danger pressant; mais, à Paris, informé par son Avocat, d'un abus de confiance, d'une trame ourdie contre un inconnue qui est près d'être sacrifié, apprenant ensuite que cet inconnu est Philinte lui-même, il a bientôt oublié ses intérêts, et il n'est plus occupé que du soin de repousser l'injustice, et de défendre l'amitié.

Telle est la situation où le nouvel Auteur a placé son Alceste, et tel est le développement qu'il a donné à son caractère. Pour Philinte, dans ses conversations avec sa femme et avec son ami, il étale l'égoïsme le plus complet, le plus immoral; et la manière dont cet égoïsme est mis en action, est aussi morale que dramatique. C'est Philinte lui-même qui est la victime de la fourberie dont Alceste s'est indigné, avant de savoir qu'il étoit question de son ami. C'est à lui-même qu'Alceste s'adresse pour armer le crédit en faveur de la justice; il lui parle d'un billet de deux cent mille écus surpris à un maître trop confiant, par un Intendant fripon; et comme Philinte est allié à un Ministre puissant, Alceste lui propose de l'implorer pour défendre un honnête homme opprimé; mais Philinte ignorant que c'est sa propre signature qu'on a surprise, oppose au zèle ardent de son ami la plus froide insensibilité: il prétend qu'il ne doit pas fatiguer pour autrui un protecteur qui peut lui être utile à lui-même, et il va même jusqu'à dire qu'il n'y a pas grand mal à cela; qu'un argent qu'on dérobe n'est jamais perdu pour la société; que l'un s'enrichit de ce qui appauvrit l'autre, et qu'au bout du compte, tout est bien.

Mais bientôt il apprend que c'est lui qu'on a dupé, que c'est lui que l'on condamne à payer les deux cent mille écus; alors ce n'est plus cet esprit si tranquille et si indulgent: c'est un homme furieux et désespéré, qui crie à l'injustice, et qui n'est plus tenté de dire que tout est bien.

Cette découverte ne ralentit point le zèle d'Alceste; il empêche Philinte d'aller en prison, en offrant et en faisant accepter son cautionnement pour les cent[3] mille écus; bientôt même il parvient à retirer le billet; mais après avoir satisfait au devoirs de l'amitié et de la justice, il croit devoir rompre des noeuds qui l'attachoient à un homme indigne du nom de son ami; et avec toute la franchise énergique de son caractère, après avoir rendu Philinte heureux, il l'abandonne et lui dit adieu pour toujours.

D'après cette courte notice, on voit que M. Fabre d'Eglantine a mis en action l'idée de J.J. dans *Alceste*. Arrivé à Paris pour ses affaires et les abandonnant aussitôt pour repousser une injustice faite à autrui, on retrouve ce Misanthrope que Rousseau voudroit voir *toujours furieux contre les vices publics, et toujours tranquille sur les méchancetés personnels dont il est la victime*; comme dans *Philinte*, toujours retranché dans son apathique insouciance sur des maux qu'il croit lui être étrangers, refusant de faire un pas, de dire un mot, pour repousser une injustice dont il est loin de se croire l'objet, mais perdant tout à coup son flègme et jetant les hauts cris, dès qu'il s'aperçoît qu'il est question de son propre intérêt, il est aisé de reconnaître ce philosophe que Rousseau vouloit représenter, *voyant tous les désordres de la société avec un flègme stoïque, et se mettant en fureur au moindre mal qui s'adresse directement à lui*.

Le but de ce rapprochement n'est point de déprécier le mérite de cette Comédie; ceux qui connaissent les secrets de l'Art savent que le talent de mettre une idée au théâtre, c'est-à-dire en action, de réaliser par l'illusion dramatique, ce qui n'existoit encore que par l'observation, est une création véritable; et l'exemple de nos plus célèbres Auteurs en fait foi. Cette reflexion est si vraie, que tel homme qui, né sans talent pour la Scène, auroit imaginé le plus heureux sujet, ne parviendrait jamais à en faire un ouvrage médiocre.

On a dû voir déjà que le plan de Philinte étoit propre à développer les sentimens des divers personnages mis en scène; et c'est le genre d'action qui convient aux Comédies de caractère. On eut seulement désiré plus d'eclaircissemens sur la nature de l'obligation de deux cent mille écus surprise à Philinte, et plus de vraisemblance dans la manière dont elle est retirée par Alceste; car ce caractère donné au Procureur Rolet, ne promet pas un homme qui se dessaisit d'un titre aussi aisément. Peut-être aussi

---

3 *Sic.*

l'Auteur pouvoit-il donner à sa fable une base plus importante que le billet dérobé. Mais tout cela est bien racheté par les intentions dramatiques et les resultats de morale qui sortent de l'intrigue et du dénouement, lorsqu'on voit Philinte trouver dans son propre égoïsme une grande leçon, comme un juste châtiment, et le vertueux Alceste, toujours juste et sensible envers Philinte, servir en lui le malheureux, et punir l'égoïste, le rendre heureux et s'en séparer.

Si après l'examen de l'action, nous passons à celui des caractères de cette Comédie, nous trouverons ceux d'Alceste et de Philinte tracés avec énergie; mais ils donnent lieu, l'un et l'autre à quelques observations. On a déjà remarqué avec raison qu'Alceste avoit gagné, pour la bonté morale, dans la nouvelle Comédie; tandis que Philinte qu'on n'avoit vu que faible, s'y montre vraiment odieux. L'Auteur a pressenti lui-même cette dernière objection, puisqu'il fait dire à Philinte par Alceste:

Et je vous ai connu bien meilleur que vous n'êtes.

Aussi ce rôle a-t-il souvent déplu par l'indignation qu'il a excitée. Tâchons d'en trouver les motifs. D'abord Molière avoit fait de Philinte un personnage subordonné à Alceste. M. Fabre d'Eglantine en ayant fait le Héros de sa Pièce, a donné plus d'étendue à son caractère; et en renforçant les traits de la peinture, il a rendu le modèle plus odieux; Molière n'avoit montré de ce caractère que ce qu'il en falloit pour atteindre à son but; il n'en a laissé voir que le profil; M. d'Eglantine l'a peint en face; et il en a montré par-là toute la difformité morale. Aussi ne doit-on pas manquer d'observer que le résultat est bien différent dans les deux Ouvrages; car si M. d'Eglantine a rendu Philinte plus coupable, aussi l'a-t-il puni de la manière la plus éclatante et la plus exemplaire.

M. d'Eglantine, pour être fidèle à son plan, devoit donc renforcer le caractère de Philinte; mais s'il a donné à ce personnage la physionomie qu'il devoit avoir, nous le croyons bien moins irreprochable pour le langage qu'il lui a prêté; et c'est surtout à ce second motif qu'il faut attribuer le déplaisir qu'une partie du public a témoigné en voyant ce personnage. Assurément les Philinte de la société pensent bien ce que dit le Philinte de M. d'Eglantine; mais ils n'ont garde de le dire comme lui. En effet il est invraisemblable que ce personnage dise froidement qu'un vol ne fait du mal qu'à un seul, et qu'il fait le bien de plusieurs; qu'il trouve une sorte de gentillesse a prononcer gracieusement ce vers:

Eh bien! c'est un trésor que va changer de bourse.

Et à qui débite-t-il cette morale si peu humaine? à un homme pour qui la vertu n'est pas un devoir, mais une passion; à un homme dont les austères principes lui sont connus depuis si long-temps. Ces sentiments doivent être en effet dans le coeur de Philinte; mais il devoit ou ne les manifester que par ses actions, ou ne les confier qu'à un complice, et non a un ami vertueux.

Ce reproche touche de près au style; et cette partie de l'ouvrage méritoit plus de soin de la part de son Auteur. Car enfin; le *Misanthrope* de Molière est la pièce la mieux écrite de son Théâtre; et M. d'Eglantine devait d'autant moins s'attendre à éviter la comparaison, qu'il l'avoit, pour ainsi dire, provoquée par le titre de sa Comédie. Son style est souvent incorrect, il faut le dire, mais en ajoutant qu'il a souvent aussi de la verve, et qu'on y remarque de ces vers heureux qui frappent l'esprit ou le coeur d'une maxime ou d'un sentiment inattendu.

Nous soumettons à M. d'Eglantine lui-même des observations qui ne nous sont dictées que par l'estime qu'inspire son Ouvrage; ce qui est plus évident encore que nos critiques, c'est que cette Pièce prouve un véritable talent pour la bonne Comédie; et ceux qui connoissent les difficultés de ce bel art, sentiront toute la force de cet éloge.

M. Molé a réuni tous les suffrages dans le rôle d'Alceste, qu'il a joué avec une profonde intelligence et une chaleur entraînante.

La Correspondance littéraire (mensuel), mars, 1790.

Intituler une comédie nouvelle *le Philinte de Molière*, ou *la Suite du Misanthrope*, c'est sans doute une assez grande témérité; aussi la pièce que M. Fabre d'Eglantine[4] s'est permis de donner sous ce titre au premier théâtre même de Molière a-t-elle été recue d'abord avec une sorte de défaveur, du moins avec beaucoup de sévérité. Le mérite réel de l'ouvrage n'a pas tardé cependant à se faire jour, malgré les torts qu'a pu lui donner cette première impression, malgré les défauts plus graves que la critique la plus indulgente n'a pu manquer d'apercevoir dans le plan et surtout dans l'exécution.

---

4   Note dans le journal: 'M. Fabre d'Eglantine a débuté dans la carrière dramatique par une comédie donnée en 1787 au Théâtre-Italien, les Gens de lettres, ou le Poëte provincial à Paris; cet essai ne fut rien moins qu'heureux. On a vu de lui, la même année, au Théâtre-Français, une tragédie intitulée Augusta, qui n'a guère eu que cinq ou six représentations. La Suite du Misanthrope a été représentée pour la première fois le lundi 22 février. (Meister.)'.

Excepté Célimène et les rôles épisodiques qui ne pouvaient entrer dans la nouvelle conception de M. Fabre d'Eglantine, on retrouve ici tous les personnages du *Misanthrope*, Philinte, Alceste, Eliante et jusqu'au fidèle Dubois; mais tous ces personnages se trouvent dans des situations fort différentes, leur caractère est changé à beaucoup d'égards, et, ce qu'on ne peut s'empêcher de regretter infiniment, c'est que leur style, leur langage n'est pas reconnaissable.

Si Alceste est toujours misanthrope, il est encore plus humain, plus sensible, plus bienfaisant. Philinte n'est plus cet homme indulgent, mais sensé, qui, en convenant qu'il serait à désirer que tous les hommes fussent faits d'autre sorte, ajoute noblement:

Mais est-ce une raison que leur peu d'équité
Pour vouloir se tirer de leur société?
Tous ces défauts humains nous donnent dans la vie
Des moyens d'exercer notre philosophie;
C'est le plus bel emploi que trouve la vertu;
Et si de probité tout était revêtu,
Si tous les coeurs étaient francs, justes et dociles,
La plupart des vertus nous seraient inutiles,
Puisqu'on en met l'usage à pouvoir sans ennui
Supporter dans nos droits l'injustice d'autrui.

Ce Philinte est devenu l'égoïste le plus dur, le plus odieux. Seraient-ils changés à ce point, l'un parce qu'il a vécu dans la solitude, l'autre parce qu'il s'est marié et que des vues d'ambition et de fortune l'occupent aujourd'hui tout entier?

Ce serait sans doute une peine fort inutile que d'appuyer sur l'invraisemblance de quelques incidents, sur les longueurs de plusieurs scènes, les défauts d'un style souvent obscur, lâche et embarassé. Il n'est aucun de ces reproches que ne doive faire oublier le mérite d'une conception aussi dramatique, aussi heureuse que celle de la situation qui termine le troisième acte. C'est ici ni le Philinte, ni l'Alceste de Molière; mais si l'on n'a pas su conserver à ces deux caractères autant de finesse, autant de profondeur que leur en avait donné le plus grand peintre de notre théâtre, il faut convenir au moins qu'on a eu le mérite de les présenter sous un point de vue plus important et plus moral. Le nouveau dessin tient peut-être un peu de la caricature, mais l'intention semble avoir été dirigée vers un but plus utile, et quelque imparfaite que soit à beaucoup d'égards l'exécution de ce drame, il prouve cependant tout à la fois dans son auteur du génie, de l'invention et une assez grande connaissance du théâtre.

M. Molé n'a jamais joué l'Alceste de Molière comme il a joué celui-ci; l'ouvrage doit à ses talents une partie de son succès.

TABLE DES MATIERES

LE PHILINTE DE MOLIERE

TEXTES LITTERAIRES

Titres déjà parus